U0146155

i

为了人与书的相遇

王静芝/著

诗经通释

颂

广西师范大学出版社
·桂林·

目　录

颂

周颂

清庙之什

臣工之什

闵予小子之什

颂

说见前绪论"《诗经》之内容"一节。颂别为三：周颂，鲁颂，商颂。

周颂

周颂之作,多在周初。朱传云:"周颂三十一篇,多周公所定,而亦有康王以后之诗。"商颂非商代作品,乃宋之诗。然则周颂当为三百篇中最早之诗。参前绪论"《诗经》之时代"一节。

清庙之什

清庙

《诗序》云：“清庙，祀文王也。”

於穆清庙，肃雝显相。
济济多士，秉文之德。
对越在天，骏奔走在庙。
不显不承，无射于人斯。

於穆清庙，肃雝显相。济济多士，秉文之德。对越在天，骏奔走在庙。不显不承，无射于人斯。

　　於，音乌，叹词也。◎穆，美也。◎清庙，清静之庙。指文王之庙。

　　肃，敬也。◎雝，音雍，和也。◎显，明也。◎相，助也。◎此句形容助祭之公卿诸侯也。

　　济济，众也。◎多士，与祭执事之人也。

　　文，指文王也。◎言秉承文王之德。

　　对，遂也。◎越，扬也。◎在天，言文王在上也。◎此句言遂发扬文王在天之神明。

　　骏，大而疾也。◎在庙指文王在庙之主，此在庙与上句在天对言。

　　不，读为丕。丕，大也。◎承，尊奉也。◎言大显文王之神明，大尊奉文王之神明。

　　射，音亦，厌也。◎斯，语词。◎言神不厌于人也。

　　《清庙》全篇一章。言：於！美哉清静之庙。公卿诸侯肃敬雝和而有光明之德，皆来助祭。而与祭之人甚众，莫不秉承文王之德，乃能显扬文王在天之神明，而又疾奔走祭祀文王在庙之主。则文王之神明乃大显而大受尊奉。神于是不厌于人矣。

　　按：对越，遂扬也。陈奂说。

维天之命

此祭文王之诗也。

维天之命，
於^{wū}穆不已。
於乎不^{pī}显！
文王之德之纯。
假以溢我，
我其收之。
骏惠我文王，
曾孙笃之。

维天之命，於穆不已。於乎不显！文王之德之纯。假以溢我，我其收之。骏惠我文王，曾孙笃之。

於，音乌，叹词。◎穆，美也。◎不已，无尽也。

於乎，叹词。◎不，读为丕，大也。

纯，纯美不杂也。

假，嘉也。◎溢，盈溢之也。

骏，大也。

曾孙，文王之后裔也。孙之子以下皆可称曾孙。◎笃，厚也。言厚持之而不变也。

《维天之命》全篇一章。言天命之降于我周，於！美而无尽也。於乎！大为显其光明也。文王之德纯美不杂，以其嘉善之道，添溢于我，我于是收受之。此大惠是我文王之所赐，曾孙皆宜厚持之而不变也。

按《诗序》云："《维天之命》，大平告文王也。"与诗词不合。朱传云："此亦祭文王之诗。"是也。

维清

此祭文王之诗。

维清缉熙，文王之典。
肇禋。
zhào yīn
迄用有成，维周之祯。

维清缉熙，文王之典。肇禋。迄用有成，维周之祯。

清，清明也。◎缉，续也。熙，明也。缉熙言持续光明不已也。参前《大雅·文王》。

肇，始也。◎禋，音因，洁祀也。◎典，法也。

迄，至也。◎迄用有成，言至今用文王之典，乃有所成功也。

祯，祥也。

《维清》全篇一章。言清明而持续光明之德，是文王之法典也。故自始祀之，而至今乃有所成功也。此实为周之祯祥也。

按《诗序》云："《维清》，奏象舞也。"象武功之乐。文王之德，不以武功，《序》说不可采。朱传云："此亦祭文王之诗。"是也。

烈文

此祭于宗庙而诸侯助祭之诗。

烈文辟公，锡兹祉福。
惠我无疆，子孙保之。
无封靡于尔邦，维王其崇之。
念兹戎功，继序其皇之。
无竞维人，四方其训之；
不显维德，百辟其刑之。
於乎！前王不忘。

烈文辟公，锡兹祉福。惠我无疆，子孙保之。无封靡于尔邦，维王其崇之。念兹戎功，继序其皇之。无竞维人，四方其训之；不显维德，百辟其刑之。於乎！前王不忘。

烈，光也。◎文，文德也。◎辟，音璧。辟公，诸侯。

锡，赐也。

惠，爱也。

封，大也。◎靡，累也。◎封靡言有大累，即有大过也。

崇，尊尚也。

戎，大也。

继序，次第相继也。◎皇，光大之也。

竞，强也。无竞维人，言无强乎得人，得人则国家强矣。

训，顺也。◎四方其训之，言故四方诸侯顺其所为。

不显，丕显也。◎言大显维在德也。

百辟，百官诸侯也。◎辟，音璧。刑法也。言效法其所为也。

於，音乌。於乎，叹词。◎言前王之德，不能忘也。

《烈文》全篇一章。言光耀文德之诸侯，曾有其大功于我国人，赐我国家以祉福。惠爱于我国家者无疆，我子宜孙慎保之。汝各诸侯，慎无为大过失，则王当尊尚各诸侯也。今王念各诸侯有此大功，而能惠益我国家，斯皆赖我先人之德以成之。故当次第相继以光大此德此功也。国之能强，无强乎能得人。得人则强，故四方诸侯皆顺利其所为；大显功业，维在德行。德立于上，则百官诸侯皆以为法则矣。此前王所能而昭示于吾后人者。於乎！前王不可忘也。

按《诗序》云:"《烈文》,成王即政,诸侯助祭也。"谓成王即位,无确据。朱传云:"此祭于宗庙而献助祭诸侯之乐歌。"然祭于宗庙而专作乐歌以献诸侯,似亦未甚妥。愚意以为此祭于宗庙之时,其助祭诸侯多有大功,故于主乐之后,复奏此乐,以劳诸侯助祭之意。

天作

此当是祀岐山之诗。

天作高山，大王荒^{tài}之。
彼作矣，文王康之。
彼徂矣，岐有夷之行^{háng}。
子孙保之。

天作高山，大王荒之。彼作矣，文王康之。彼徂矣，岐有夷之行。子孙保之。

高山指岐山。

大，读为太。大王即古公亶父。◎荒，治也。

康，安也。

徂，往也。

夷，平也。◎行音杭，大路也。

《天作》全篇一章。言天作此高山，为我周发祥之地。其始太王由豳迁此，治其荒而垦之。彼太王作此垦治之事矣，文王又继以安之，使民有所居；彼太王往岐矣，则岐乃有平坦之大路。此吾周之发祥之地也，子孙具保之。

按《诗序》云："《天作》，祀先王先公也。"然诗中无先公。且祀先王先公，应多述功德。诗词太简，似为岐山而作。季明德曰："窃意此盖祀岐山之乐歌。"引《易》升卦六四爻"王用享于岐山"，谓周本有岐山之祭。姚际恒采之。此说是也。

昊天有成命

此祀成王之诗也。

昊天有成命，二后受之。
成王不敢康，夙夜基命宥(yòu)密。
於缉熙！单厥心，肆其靖之。(wū)

昊天有成命，二后受之。成王不敢康，夙夜基命宥密。於缉熙！单厥心，肆其靖之。

昊天，天之大號也。◎成命，定而不易之命也。

二后，文王武王也。

成王，武王之子，名诵。◎康，宁也。

夙，早也。◎基，始也。◎宥，宽宏也。◎密，宁也。◎夙夜基命宥密，言早夜用心，始能顺天命，施行宽宏宁安之政，以安天下。

於，音鸣，叹词。◎缉，续也。熙，明也。缉熙，持续光明不绝也。

单，厚也。

肆，遂也。◎靖，安也。

《昊天有成命》全篇一章。言昊天有已成定而不易之命，文王武王受此天命，乃有周。至成王，承前绪业，不敢安宁，早夜以思，始能顺应天命，行宽宏安宁之政，以安天下。鸣！能持续其光明，又能厚其善心，遂能使天下安也。

按：肆，遂也。《经传释词》有说。

按：《诗序》以为此是祀天地之诗，不知何所据。朱传引《国语》叔向引此诗而言曰："是道成王之德也。"据以为祀成王之诗。此诗明言成王之德，是祀成王必矣。

我将

朱传云："此宗祀文王于明堂以配上帝之乐歌。"

我将我享，维羊维牛。
维天其右之。
仪式刑文王之典，日靖四方。
伊嘏文王，既右飨之。
我其夙夜，畏天之威，于时保之。

我将我享，维羊维牛。维天其右之。仪式刑文王之典，日靖四方。伊嘏文王，既右飨之。我其夙夜，畏天之威，于时保之。

将，奉也。◎享，献也。

右，助也。

仪，善也。◎式，刑，皆法也。◎典，常也。◎仪式刑文王之典，言善法文王之常道。

静，治也。

伊，语词。◎嘏，受福也。

既右飨之，既居右而受之。右为尊。◎飨，享也。

夙夜，言早夜以用心也。

时，是也。◎保之，言保天与文王所降与我者也。

《我将》全篇一章。言我奉献于天帝之前以羊与牛。祈天其庶几助我，能善法文王之常道，日日以求安诸四方之国，而受福于文王。文王既降而居右，而采飨此祭。则见其降福之必然也。我则早夜以思，以行善政。畏天命之威，敬天行事。于是得保天与文王之所降与我者也。

按《诗序》云：“《我将》，祀文王于明堂也。”朱传与《诗序》皆本《孝经·圣治》章“宗祀文王于明堂，以配上帝”而说之。然《序》说以为专祀文王而不言配天。而诗中以祀帝为主，文王为配。《序》说诗据《孝经》而改《孝经》，亦甚奇矣。朱说全取《孝经》，亦与诗合，自属可取。

时迈

《诗序》云：“《时迈》，巡守告祭柴望也。”

时迈其邦，昊天其子之。
实右序有周，薄言震之，莫不震叠。
怀柔百神，及河乔岳，允王维后。
明昭有周，式序在位。
载戢干戈，载櫜弓矢。
我求懿德，肆于时夏。
允王保之！

时迈其邦，昊天其子之。实右序有周，薄言震之，莫不震叠。怀柔百神，及河乔岳，允王维后。明昭有周，式序在位。载戢干戈，载櫜弓矢。我求懿德，肆于时夏。允王保之！

迈，行也。◎邦，诸侯之国也。言武王时行于诸侯之国。

子，以为子也。言天以我王为子也。

右，助也。◎序，有次序也。

薄，发语词。◎言，语词。参前《芣苢》。◎震，惊动震服也。

叠，惧也。

怀，来也。◎柔，安也。

河谓黄河。◎乔，高也。

允，信也。◎后，君也。言信乎王之为天下君也。

式，语词。◎序，次序之也。◎在位，指百官诸侯。

载，则也。◎戢，聚也。◎载戢干戈，谓聚干戈而藏之，不再战争也。

櫜，音高，弓囊也。收弓矢示不用，意同上句。

懿，美也。

肆，陈也。◎时，是也。◎夏，中国也。

允王保之，信乎王能保此天命以安中国也。

《时迈》全篇一章。言我时巡行于诸侯之国，天以我王能承天命如此，庶几其以我王为子。天实已助周而使其有序，是以使我王震服之，而兹已莫不震惧而宾服矣。而王又能来安百神，以至于河之深广，岳之崇高，莫不感格，则信乎王之当为天下之君也。今我光明昭显之大周，依次序安置百官诸侯，聚干戈，收弓矢而藏之，而不再用兵矣。我王维求美德，陈于此中国，以使天下安。信乎，王能保此天命以安中国也。

按：笺云："巡守告祭者，天子巡行邦国。至于方岳之下而封禅也。"柴望者，柴谓燔柴祭天；望谓望祭山川。笺引《书·舜典》："岁二月，东巡守，至于岱宗，柴、望秩于山川。"《左传·宣公十二年》："昔武王克商，作颂曰：'载戢干戈。'则此诗为武王巡守告祭柴望时之作也。《国语》称周文公之颂曰"载戢干戈"。则当为周公作矣。

执竞

《诗序》云："执竞，祀武王也。"

执竞武王，无竞维烈，
不显成康，上帝是皇。
自彼成康，奄有四方。
斤斤其明！钟鼓喤喤。
磬筦将将，降福穰穰。
降福简简，威仪反反。
既醉既饱，福禄来反。

执竞武王，无竞维烈，不显成康，上帝是皇。自彼成康，奄有四方。斤斤其明！钟鼓喤喤。磬筦将将，降福穰穰。降福简简，威仪反反。既醉既饱，福禄来反。

竞，强也。◎执竞武王，言武王持其强道也。

烈，业也。◎无竞维烈，无强乎其克商之功业者，言其功业之大也。

不显，丕显也。◎成康，成其康安也。◎不显成康，言大显其德以成康安之道。

皇，美也。◎上帝是皇，上帝是以美之而加福禄也。

自彼成康，自彼武王，成其康安。

奄，同也。◎四方，四方之国。谓天下同一也。

斤斤，明察之貌。

喤，音皇。喤喤，和也。指声也。

筦，同管，乐器名。◎将，音锵。将将，集也。指声也。

穰，音攘。穰穰，众多也。

简简，大也。

反反，谨重貌。

反，覆也。言反复而来，无休止也。

《执竞》全篇一章。言武王持其强道，乃成其王业。无有强乎武王克商之功业者也。于是大显其德，以成康安，上帝是以美之而加福禄也。自武王成其康安，天下同一属于周矣。武王之能伐纣而定天下者，以其明察如此也。今钟鼓喤喤和鸣，磬筦将将集奏，作乐以祭，降福乃多。降福多矣，威仪谨重矣，神之受祭，既醉既饱矣，则福禄之来，反复无休止矣。

思文

此祀后稷之诗。

思文后稷，克配彼天。
立我烝民，莫匪尔极。
贻我来牟，帝命率育，
无此疆尔界，陈常于时夏。

思文后稷，克配彼天。立我烝民，莫匪尔极。贻我来牟，帝命率育，无此疆尔界，陈常于时夏。

思，语词。◎文，言文德也。◎后稷，周之始祖。见前《生民》。

克配彼天，其德真可配天也。

立，通粒，作动词用，言能使我众民粒食也。指食米而言。◎烝，众也。

极，至也。言民之所受，莫非尔之德之极至也。

贻，遗也。◎小麦曰来，大麦曰牟。

帝，上帝也。◎率，遍也。◎育，养也。

无此疆尔界，言无分此疆与尔界。谓上帝遍育之命，遇众皆同也。

陈，布也。◎常，常道也。◎时，是也。◎夏，中国也。◎言陈常道于中国也。

《思文》全篇一章。言有文德之后稷，真可配于天也。后稷使我众民，能得粒食；此民之所受，莫非尔之德之极至也。尔遗我等以小麦大麦，以为我等之食。此乃上帝之命，遍养我众民，无分此疆彼界远近亲疏也。因而得以陈布常道于中国也。

按：来牟，即麳麰，《广雅·释草》："大麦麰也。小麦麳也。"

按：《诗序》谓"后稷配天"。而诗中无祀天之文。朱传云："言后稷之德，真可配天。"盖疑《序》而释配天一语，非指郊祀，但云后稷之德可配天而已。其说是也。《诗序》之作，或据《孝经》："昔者周公郊祀后稷以配天。"然诗中既无祀天之文，自可疑也。《国语》云："周文公之为颂曰'思文后稷，克配于天。'"则此诗是周公作也。

臣工之什

臣工

朱传云："此戒农官之诗。"

嗟嗟臣工，敬尔在公。

王厘尔成，来咨来茹。

嗟嗟保介，维莫之春，

亦又何求？如何新畬？

於皇来牟！将受厥明。

明昭上帝，迄用康年。

命我众人，庤乃钱镈，奄观铚艾。

嗟嗟臣工，敬尔在公。王厘尔成，来咨来茹。嗟嗟保介，维
莫之春，亦又何求？如何新畬？於皇来牟！将受厥明。明昭
上帝，迄用康年。命我众人，庤乃钱镈，奄观铚艾。

嗟嗟，重叹之词。◎工，官也。臣工指农官也。

敬，敬慎也。◎公，公家也。言敬慎尔在公家之所事。

厘，音离，赐也。◎成，成功也。

咨，询也。◎茹，度也。

保介，农官之副也。

莫，读为暮。

畬，音余，三岁田也。

於，音乌，叹词。◎皇，美也。◎来，小麦也。◎牟，大麦
也。参前《思文》。

将受厥明，将受上帝之明赐也。

迄，至也。◎用，以也。◎康年，丰年也。言上帝至兹以丰
年赐予也。

庤，音至，具也。◎钱，音剪，铦也。◎镈，音博，农具锄类。

奄，忽也。◎铚，音至，短镰也。◎艾，音刈，通刈，获也。

《臣工》全篇一章。言嗟嗟！尔农官，宜敬慎尔在公家之
所事。王今因尔农事之成功而赐尔等，并来询情况，亦来审度
农事之当作也。嗟嗟！副农官，暮春之时，将何所求？新畬耕
治如何邪？於！美哉来与牟也！将受上帝之明赐矣。明昭之上
帝，至兹乃以丰年赐予下民也。乃命我众农人，具农器赐锄等
耕治其田，则将忽然不久而见其收获也。

按 :《诗序》云 :"《臣工》,诸侯助祭,遣于庙也。"惟诗中所言,皆农事及戒农官之语。所谓诸侯助祭,遣于庙者,决不相近。朱说是。

噫嘻

《诗序》曰：“《噫嘻》，春夏祈谷于上帝也。”

噫嘻成王，既昭假尔。
率时农夫，播厥百谷。
骏发尔私，终三十里。
亦服尔耕，十千维耦。

噫嘻成王，既昭假尔。率时农夫，播厥百谷。骏发尔私，终三十里。亦服尔耕，十千维耦。

噫嘻，叹词也。◎成王，武王之子。

昭，明也。◎假，至也。◎尔犹矣也。言其功德既昭然至于极致矣。

时，是也。

播犹种也。

骏，疾也。◎发，耕也。◎私，私田也。参前《大田》。

终，竟也。◎三十里，万夫之地，四旁有川，川上有路，方三十三里，少半里，言三十者，举其成数。

尔，语词。◎服，事也。

十千，万也。◎耦，二耜为耦。耜广五寸，二耜言二人并耕为耦。万耦言万人合为一耦，同心齐力之意也。

《噫嘻》全篇一章。言：噫嘻！成王，其政教光明，敬重农事之功德既昭然至于极致矣。意谓此皆上帝之所赐也。故今乃率是农夫，播种百谷。疾耕尔之私田，毕三十里之地。从事尔之耕种，万人为一耦，同心齐力，以承上帝之赐。

按：尔犹矣也。见《经传释词》。

三十里，详见郑笺引《周礼》。

振鹭

《诗序》云 :"《振鹭》,二王之后,来助祭也。"

振鹭于飞,于彼西雍。
我客戾止,亦有斯容。
在彼无恶,在此无斁。
庶几夙夜,以永终誉。

振鹭于飞，于彼西雝。我客戾止，亦有斯容。在彼无恶，在此无斁。庶几夙夜，以永终誉。

振，群飞貌。◎鹭，白鸟也。◎于，助词。于飞即正在飞之义。于，在也。◎雝，音雍，泽也。

客，指二王之后。◎戾，至也。◎止，语词。

斯容，谓有鹭之白洁之容也。

在彼无恶，言在彼所居之国，无怨恶之者。恶音物。

斁，音亦，厌也。◎在此无斁，言在此助祭，神明不厌之也。

夙夜，言早夜以思。

以永终誉，以永终此美誉也。◎永，长也。终，竟也。永终连用谓永长其美誉，至于最后而不变也。

《振鹭》全篇一章。以振鹭起兴，言白洁之鹭群飞于西泽。我客夏殷之后，杞宋二君，至此助祭，其容貌修洁，亦有如鹭也。彼二王之后，在彼所居之国，无恶之者；在此助祭，神明不厌之。若此贤君，庶几能早夜以思，求政之善，而能永享美誉者也。

按：郑笺："二王，夏殷也。其后，杞也，宋也。"

丰年

《诗序》云：" 《丰年》，秋冬报也。"

丰年多黍多稌，亦有高廪，万亿及秭。
为酒为醴，烝畀祖妣，
以洽百礼，降福孔皆。

丰年多黍多稌，亦有高廪，万亿及秭。为酒为醴，烝畀祖妣，以洽百礼，降福孔皆。

稌，音杜，稻也。

亦，语词。◎廪，音凛，米仓也。

秭，音紫。◎万万曰亿，亿亿曰秭。指禾秉之多也。

醴，甜酒也。

烝，进也。◎畀，音闭，予也。◎进予祖妣，言祭祀献于祖妣。

洽，合也。

孔，甚也。◎皆，遍也。

《丰年》全篇一章，言丰年多黍多稻，乃有高大之仓以储存之，其禾秉至于万亿而至亿亿之多。以此米为酒为醴，以献祭于祖妣，以合于多种礼仪。于是神乃降福甚遍。

按：郑笺："报者，谓尝也，烝也。"尝，秋祭也；烝，冬祭也。此丰年秋冬祭神之诗也。

有瞽

《诗序》云："有瞽，始作乐而合乎祖也。"

有瞽有瞽，在周之庭。
设业设虡，崇牙树羽。
应田县鼓，鞉磬柷圉。
既备乃奏，箫管备举。
喤喤厥声，肃雝和鸣，
先祖是听。
我客戾止，永观厥成。

有瞽有瞽，在周之庭。设业设虡，崇牙树羽。应田县鼓，鞉
磬柷圉。既备乃奏，箫管备举。喤喤厥声，肃雝和鸣，先祖
是听。我客戾止，永观厥成。

瞽，乐官无目者也。

业，枸上之大板也。枸，虡之横木也。虡音巨，悬钟之立木
也。参前《灵台》。

崇牙即枞，即业上悬钟磬处，以彩色为大牙，其状隆然，故
曰崇牙。参前《灵台》。◎树羽，置五彩之羽于崇牙之上也。

应，小鞞也。鞞，鼙鼓也，小鼓横悬者。◎田，大鼓也。◎
县，同悬。应田县鼓言悬应田之鼓也。悬鼓是周之制。

鞉，音桃，如鼓而小，有柄，两耳，持其柄摇之，则旁耳自
击鼓，如今小儿之摇鼓。◎磬，石磬也。◎柷，音祝，乐器名，
如添桶，方二尺四寸，深一尺八寸，中有椎柄，连底，挏之令左
右击。奏之初先击柷以起乐者也。以木为之。挏，推引而动之也。
◎圉，亦作敔，音语，状如伏虎，背上有二十七鉏铻，以木栎之。
鉏铻，木锯齿。以不尽击其齿，自首至尾，其木声连缀戛然。圉
为止乐之乐器，乐终则一声长画，戛然而止。

箫，编小竹管为一排，管长短各不同，故分音阶。捧而左右
移动吹奏之。非今世所谓之单管箫也。◎管，乐器，六孔单管竹制。

喤，音皇。喤喤，声之和也。

肃，敬也。◎雝，和也。

我客，二王之后也。指杞宋。参前《振鹭》。◎戾，至也。◎止，
语尾词。

永，长也。◎成，乐终曰成。谓长观此乐之终其章。意谓此

乐长存也。

《有瞽》全篇一章。言乐官瞽者已在周之庭矣。庭中设有虡、业，业上有崇牙，崇牙之上树五彩之羽。小鼓与大鼓已悬矣，鞉磬柷圉皆已备矣。于是斯乐乃奏，箫管皆作。其声喤喤然肃敬而和谐，以献于先祖文王听之。我客杞宋二君，今来至此，与观此乐之奏，尤为盛事。吾周当长观此乐章之成也，而此乐与我周当长存也。

按：郑笺："王者治定制礼；功成作乐。合者，大合诸乐而奏之。"孔氏《正义》云："有瞽者，始作乐而合于太祖之乐歌也。谓周公摄政六年，制礼作乐，一代之乐功成，而合诸乐器于太祖之庙奏之，告神以知善否。诗以述其事而为此歌焉。"笺之言是引《乐记》："王者功成作乐，治定制礼"之文。郑注引《明堂位》说周公："治天下六年，朝诸侯于明堂，制礼作乐。"谓功成治定同时，是以制礼作乐同时也。武王虽已克殷，未为功成，故至于太平，始功成作乐也。大合诸乐者，谓合诸乐器一时奏之，即诗中鞉磬柷圉箫管之属也。太祖谓文王也。

潜

《诗序》云：“《潜》，季冬荐鱼，春献鲔也。”

猗与漆沮，潜有多鱼。
有鳣有鲔，鲦 鲿 鰋鲤。
以享以祀，以介景福。

猗与漆沮，潜有多鱼。有鳣有鲔，鲦鲿鰋鲤。以享以祀，以
介景福。

猗与，叹美之词。◎漆，沮。水名。

潜，藏之深也。

鳣，音沾，黄色大鱼。参前《卫风·硕人》。◎鲔，音尾，
似鳣而小。

鲦，音条，白鲦也。◎鲿，音常，黄类鱼也。◎鰋，音偃，鲇也，
体滑无鳞。

享，献也。

介，大也，张大之也。◎景，大也。

《潜》全篇一章。言美哉！漆沮之水，深藏之处多鱼。有
鳣有鲔有鲦鲿鰋鲤。取此鱼以献祭，以祈张大大福。

按：《礼记·月令》季冬之月："是月也，命渔师始渔，天子亲往，乃尝鱼，
先荐寝庙。"季春之月："荐鲔于寝庙。"《诗》郑笺："冬，鱼之性定；春，
鲔新来。荐献之者，谓于宗庙也。"

雝

朱传云：“此武王祭文王之诗。”

有来雝雝(yōng)，至止肃肃。
相(xiàng)维辟(bì)公，天子穆穆。
於荐广牡，相予肆祀。
假哉皇考，绥予孝子。
宣哲维人，文武维后，
燕及皇天，克昌厥后。
绥我眉寿，介以繁祉。
既右烈考，亦右文母。

有来雝雝，至止肃肃。相维辟公，天子穆穆。於荐广牡，相予肆祀。假哉皇考，绥予孝子。宣哲维人，文武维后，燕及皇天，克昌厥后。绥我眉寿，介以繁祉。既右烈考，亦右文母。

有来，言诸侯之来助祭者。◎雝，音雍。雝雝，和也。

至止，谓至而止于庙也。◎肃肃，敬也。

相，音象，助也。◎辟，音璧。辟公，诸侯也。

穆穆，美也。

於，音乌，叹词。◎荐，进也。◎广，大也。◎牡，大牡之牲也。

予，我也。◎肆，陈也。

假，大也。◎亡父曰皇考。皇考，谓文王。

绥，安也。◎孝子，武王自称。

宣，通也。◎哲，智也。◎言文王之为人通而且智。

后，君也。◎言为君备文武之德也。

燕，安也。◎皇天，尊天故称之皇天。天之通称也。

克，能也。◎昌，大也。

绥，安也。◎眉寿，高寿也。年高有豪眉。

介，助也。◎繁，多也。◎祉，福也。

右，尊也。◎烈，光也。烈考，光明之考，谓文王也。

文，文德也。文母，大姒也，武王之母。

《雝》全篇一章。言诸侯之来助祭者雝雝然和；至止于庙，肃肃然敬。诸侯助祭既和且敬，天子主祭，穆穆然美。於！诸侯进大牡之牲，以助我陈而为祀！以上言诸侯助祭，以见祭之盛大。以下始美文王：大哉皇考文王，庶其享之，以安孝子之心。文王是通而且智之人，文武之德兼备之君也。能安人而及于皇天，能昌大其后。文王能安我以高寿，助我以多福，乃使我既能尊我烈考，亦得尊文母也。

按《诗序》云："《雝》，禘大祖也。"周之大祖后稷也。《礼·祭法》："周人禘喾而郊稷。"诗中末及喾与后稷，非禘明矣。

载见

《诗序》云：“《载见》，诸侯始见乎武王庙也。”

载见辟王，曰求厥章。
龙旂阳阳，和铃央央。
鞗革有鸧，休有烈光。
率见昭考，以孝以享。
以介眉寿，永言保之，思皇多祜。
烈文辟公，绥以多福，俾缉熙于纯嘏。

载见辟王，曰求厥章。龙旂阳阳，和铃央央。鞗革有鸧，休有烈光。率见昭考，以孝以享。以介眉寿，永言保之，思皇多祜。烈文辟公，绥以多福，俾缉熙于纯嘏。

载，始也。◎辟王，天子也。谓成王。辟，音璧。

曰，语词。◎章，法度也。

旂，音旗。旗上绘交龙者。◎阳阳，鲜明之貌。

和铃央央，旂上有铃。铃之在旂者曰铃，在轼前者曰和。◎央央，声也。

鞗，音条。鞗革，马辔所把持之外，有余而下垂者也。参前《萧蓼》。◎鸧，音锵。有鸧即鸧然，声也。

休，美也。◎烈光，光彩也。

昭考，谓武王。庙制太祖居中，左昭右穆，文王当穆，武王当昭。此言成王率诸侯祭武王也。

以孝以享，以致孝子之事，以献祭祀之礼。

介，助也。◎眉寿，高寿也。

言，语词。

思，语词。◎皇，大也。

烈，业也。◎文，文德也。◎辟公，诸侯也。

俾，使也。◎缉，续也。◎熙，光明也，纯大也。◎嘏，音古，福也。

《载见》全篇一章。言诸侯始见成王，为求其法度也。其车服之盛，龙旂鲜明，和铃央央然鸣，鞗革鸧然作响，诚美而有光彩也。于是成王乃率诸侯以祭于武王之庙，以致孝子之事，以献祭祀之礼。以孝以享，以助高寿，望长保此道，而光大其福。是皆诸侯助祭有以致之。有功业文德之诸侯，安我以多福，使我持续而光明之，至于有大福也。

按：诸侯始见武王庙者，诸侯入朝，始助祭于武王庙也。盖成王初即位，诸侯于成王之世，始见武王之庙也。

有客

《诗序》云："《有客》，微子来见祖庙也。"

有客有客，亦白其马。
有萋有且，敦琢其旅。
　　zǔ　　duī
有客宿宿，有客信信。
言授之絷，以絷其马。
　zhí
薄言追之，左右绥之。
既有淫威，降福孔夷。

有客有客，亦白其马。有萋有且，敦琢其旅。有客宿宿，有
客信信。言授之絷，以絷其马。薄言追之，左右绥之。既有
淫威，降福孔夷。

周封微子于宋，以祀其先王，为殷之后，周以客待之。

亦，语辞也。

萋，盛貌，有萋即萋然。◎且，音阻，盛也。有且即且然。
萋且二字皆以状从者之盛。

敦，音堆，治也。敦琢谓雕琢，精选之义也。◎旅，从行之众也。

宿，一宿也。

信，再宿。

言，语词。◎絷，绊索也。

薄、言皆语词。◎追，送也。

绥，安也。

淫，大也。◎威，德也。

孔，甚也。◎夷，易也。

《有客》全篇一章。言有客有客，乘马白色，从者萋然且
甚盛，而精选其卿大夫贤者，以从之来。客宿一宿，客宿再宿。
不欲客去，授以绊索，以绊其马，期其多留。然终不能留矣，
乃亲送之。左右之臣，亦来安之。客既有大德，天降其福，当
甚易也。

按：萋且，见马瑞辰说。

按：郑笺："成王既黜殷命，杀武庚，命微子代殷后，既受命，来朝而见也。"

武

《诗序》云：“《武》，奏大武也。”

於皇武王，无竞维烈。
允文文王，克开厥后。
嗣武受之，胜殷遏刘，
耆定尔功。

於皇武王，无竞维烈。允文文王，克开厥后。嗣武受之，胜殷遏刘，耆定尔功。

於，音鸣，叹词。◎皇，大也。

兢，强也。◎烈，业也。◎言其功业无有能强而过之者。参前《执竞》。

允，信也。◎文，文德也。言信乎文王之有文德也。

克，能也。◎言能开其后世之绪。

嗣武受之，武王嗣而受之。

刘，杀也。言胜殷而止杀，致太平也。

耆，音指，致也。◎尔，如此也。◎言致定如此之大功。

《武》全篇一章。言：於！大哉武王，其功业无有能强而过之者矣。信乎文王之有文德也，故能开其后世之绪。武王嗣而受之，胜殷而止杀，以成太平，致定如此之大功。

按：武，即名大武，又名象武。其诗或吹或舞，以象武功。《礼记·明堂位》："升歌清庙，下管象。"注："象，谓周颂武也。"《墨子》曰："武王因先王之乐，命曰象武。"《礼记》诸篇所云"下管象""下管象武"者，皆是此诗也。《明堂位》云"升歌清庙下管象，朱干玉戚，冕而舞大武。"因或以"管象"及"舞大武"各自有别。惟管为吹，舞为舞，或吹或舞皆此一诗也。《仲尼燕居》："下管象武。"亦有谓象武为二诗者。然以《墨子》"命曰象武"证之，象武是一词耳。象，《诗序》以为"维清，奏象武也"。后世颇多疑之。盖武功当在武王，如颂文王亦以武，颂武王亦以武，固不类也。《维清》既为文王之乐，《武》既为武王之乐，则象武事者归武，似为近理。姚际恒于《维清》及《武》二篇中说之甚详，愚意以为可取。方玉润据《左传·襄公二十九年》吴公子札观周乐见舞象箾南籥者，杜注"文王乐"，见舞大武者，杜注"武王乐"，指象即《维清》，武乃此篇。然于《维清》又云："古乐既亡，乐章亦不知其何所用，后儒循文案义，率皆臆测，非真知也。此诗本祀文王，而序忽云'奏象舞也'遂启后人无限疑案。""若武王然乃可象之，文王则以文德显也，夫何象为？"方氏以此订《维清》为祀文王之诗，而不取《序》义。然又引杜注证象即《维清》，前后自相矛盾，令人难服。此诗据《左传·宣公十二年》楚子曰："武王克商，作颂曰：'载戢干戈，载櫜弓矢，我求懿德，肆于时夏，允王保之。'又作武，其卒章曰：'耆定尔功。'其三曰：'铺时绎思！我徂惟求定。'其六曰：'绥万邦，屡丰年。'"其中所述"载戢干戈"之文，为《时迈》之文。据《国语》，《时迈》是周公作。然则此《武》诗当亦为周公作也。所谓武王克商作颂者，言在克商之后，非指武王自作也。诗中有武王之谥，非武王作明矣。"耆定尔功"是本篇卒篇之语。《左传》谓为首章。《左传》谓其三"铺时绎思"，是周颂《赉》之文；其六"绥万邦，屡丰年"，是周颂《桓》之文。或《武》一诗古时分多章，而后分为各篇也。

闵予小子之什

本什收十一篇。

闵予小子

《诗序》云：“《闵予小子》，嗣王朝于庙也。”

闵予小子，遭家不造，
嬛嬛在疚。
_{qióng}
於乎皇考，永世克孝，
_{wū}
念兹皇祖，陟降庭止。
_{zhì}
维予小子，夙夜敬止。
於乎皇王，继序思不忘。

闵予小子，遭家不造，嬛嬛在疚。於乎皇考，永世克孝，念兹皇祖，陟降庭止。维予小子，夙夜敬止。於乎皇王，继序思不忘。

闵，悼伤之言。◎予小子，成王自称也。

造，成也。不成言不善也。

嬛，同茕。嬛嬛，无所依貌。◎疚，病也。

於，音呜。於乎，叹词。◎皇考，父死曰皇考，谓武王也。

永，长也。永世，言终其身。

皇祖，谓文王也。

陟，音至，升也。陟降言来去。◎止，语词。◎陟降庭止，谓来去于庭。言若文王常来去于庭。谓心中未尝或忘也。

皇王，兼指文王武王也。

继序思不忘，言继其序次，思而不忘也。

《闵予小子》全篇一章。言悼伤乎！我小子，遭家之不善，乃有武王之崩，致我嬛嬛无所依也。於乎皇考武王，终身能孝，念皇祖文王，常存在心，若文王来去于庭间者，故能承其德业也。至我小子，亦当必早夜以思，慎敬从事。於乎皇王，我必继我皇王之序，思而不忘也。

按：郑笺："嗣王者，谓成王也。除武王之丧，将始即政，朝于庙也。"

访落

《诗序》云："《访落》，嗣王谋于庙也。"

访予落止，率时昭考。
於乎悠哉！朕未有艾。
将予就之，继犹判涣，
维予小子，未堪家多难。
绍庭上下，陟降厥家，
休矣皇考！以保明其身。

访予落止，率时昭考。於乎悠哉！朕未有艾。将予就之，继
犹判涣，维予小子，未堪家多难。绍庭上下，陟降厥家，休
矣皇考！以保明其身。

访，谋也。◎予，成王自称。◎落，始也。◎止，语词。
◎言我将谋之于始。

率，循也。◎时，是也。◎昭考，武王也。参前《载见》。

於，音乌。於乎，叹词。◎悠，远也。

艾，音乂，尽也。◎言未能尽其昭考之道也。

将予就之，言予将就其道。

犹，图也。◎判，分也。◎涣，散也。◎继犹判涣，言继先
德，而图收我所失之分散者，以成完美也。

未堪家多难，言我未堪任此处理国家许多难理之事。

绍，继也。◎绍庭上下，谓我思能继皇考，上下相继于庭也。
谓武能继文，我能继武也。

陟，音至，升也。陟降犹言往来。言我思上下相继，如皇考
之常往来于其家。谓我常存心中也。参前《闵予小子》。

休，美也。◎皇考，谓武王，参前《闵予小子》。

以保明其身，以保其身而昭明光大之也。

《访落》全篇一章。言我即政之初，将谋之于始，当循是
武王之德。於乎！远哉！武王之德也。我未能尽其道也。然我
将必就其道，继承先德，力图收我所失之分散者，以成其完美。
我小子尚未能任国家多种难处理之事。然我必努力继我皇考之
德，能使上下相继于庭，常常存在心，若皇考之常往来于其家。
美哉皇考！我必循斯德，以保我身，而昭明光大我先德也。

按：郑笺："谋者，谋政事也。"盖嗣王始即政，惧不能遵皇王之道德，乃在庙中与群臣谋政也。嗣王谓成王也。

敬之

此嗣王以自戒自励之辞告于庙也。

敬之敬之，天维显思。
命不易哉！无曰：高高在上。
陟降厥士，日监在兹。
维予小子，不聪敬止？
日就月将，学有缉熙于光明，
佛时仔肩，示我显德行。

敬之敬之，天维显思。命不易哉！无曰：高高在上。陟降厥士，日监在兹。维予小子，不聪敬止？日就月将，学有缉熙于光明，佛时仔肩，示我显德行。

敬之，敬天也。

显，明也。◎思，语词。

命不易哉，天命不易降于我也。

无曰：高高在上，勿谓天之高高在上而不能察我也。

陟，音至，升也。升降犹言往来。◎士，事也。言天虽在高，而往来于我前是其所事也。

监，视也。言日监视在此。

小子，嗣王自称。

不聪敬止，言我敢不聪而听之，敬而慎之乎？◎止，语尾词。

就，成也。◎将，进也。言日有所成就，月有所进展。

缉，续也。熙，明也。言愿努力学之，庶几有续其明德而至于大光明之境地也。

佛，音弼。辅也。◎时，是也。◎仔肩，任也。◎言有能辅我之任务者。

示我显德行，明示我显明之德行。◎末二句是祈神之辞也。

《敬之》全篇一章。言敬之哉，敬之哉，天道至为显明也。天命之降，诚不易也。勿谓天之高高在上，而不能察我也。天则往来于我之前，是其所事。故日日在此监视我也。我小子，敢不聪而听之，敬而慎之乎？我当力求，日有所成就，月有所进益；努力学之，庶几续往者之明德，而至于大光明也。祈神助我此任务，示我显明之德行。

按《诗序》云："《敬之》，群臣进戒嗣王。"然诗之前半似之，后半未合也。朱传谓前半是成王受群臣之戒而述其言，后半乃自答之言。一诗前后分作二事，固不类。而王自述群臣戒言，尤不近人情。此诗前后皆嗣王告于庙之辞，前半自戒，后半自励。大约似今日宣誓之辞也。此嗣王或亦成王。

小毖

此是成王惩管蔡之祸而自儆之诗。

予其惩，而毖_{bì}后患。
莫予荓_{píng}蜂，自求辛螫_{shì}。
肇允彼桃虫，拚_{fān}飞维鸟。
未堪家多难，予又集于蓼_{liǎo}。

予其惩，而毖后患。莫予荓蜂，自求辛螫。肇允彼桃虫，拚飞维鸟。未堪家多难，予又集于蓼。

惩，戒也。

毖，音必，慎也。

荓，音俜，使也。

螫，音释。辛螫，辛毒之螫也。

肇，始也。◎允，信也。◎桃虫，小鸟也，即鹪鹩。

拚，音翻，飞貌。

未堪家多难，言我未堪任此处理国家许多难处理之事。

蓼，音了，植物名，生水中，味辛，古称为辛菜。因以蓼喻辛苦。

《小毖》全篇一章。言我当以前事为戒而慎后患，莫使为蜂而反自求辛毒之螫也。始者，信彼为桃虫小鸟，而其后竟拚飞而为大鸟，乃成其祸也。此盖指管蔡之事。因云：我方幼，未堪任国家许多难处理之事，而我又在于辛苦之中，故必戒慎也。

按《诗序》云：“《小毖》，嗣王求助也。”言求忠臣辅己，亦含畏有后患之意，惟不能切耳。姚际恒方玉润皆以为成王惩管蔡之祸而自儆，最为近理。

载芟

此春耕祈社稷之诗。

载芟载柞，其耕泽泽。
千耦其耘，徂隰徂畛。
侯主侯伯，侯亚侯旅，侯强侯以。
有嗿其馌，思媚其妇，有依其士。
有略其耜，俶载南亩。
播厥百谷，实函斯活。
驿驿其达，有厌其杰。
厌厌其苗，绵绵其麃。
载获济济，有实其积，万亿及秭。
为酒为醴，烝畀祖妣，以洽百礼。
有飶其香，邦家之光。
有椒其馨，胡考之宁。
匪且有且，匪今斯今，振古如兹。

载芟载柞，其耕泽泽。千耦其耘，徂隰徂畛。侯主侯伯，侯亚侯旅，侯强侯以。有嗿其馌，思媚其妇，有依其士。有略其耜，俶载南亩。播厥百谷，实函斯活。

驿驿其达，有厌其杰。厌厌其苗，绵绵其麃。载获济济，有实其积，万亿及秭。为酒为醴，烝畀祖妣，以洽百礼。有飶其香，邦家之光。有椒其馨，胡考之宁。匪且有且，匪今斯今，振古如兹。

载，则也。◎芟，音删，除草也。◎柞，音作，除木也。

泽泽，解散貌，谓土之松动也。

耦，二人并耕也，参前《噫嘻》。◎耘，去苗间之草也。

徂，往也。◎隰，音习，下湿之地也。◎畛，音枕，田畔也，即田间陌。

侯，维也。◎主，家长也。◎伯，长子也。

亚，仲叔也。◎旅，众子弟也。

强，民之有余力而来助者。◎以，用也，谓佣力之人，随主人之任使者。

嗿，音坦，众食声也。有嗿即嗿然。◎馌，音叶，饷田食也。

思，语词。◎媚，美好也。

依，爱也。◎士，夫也。

略，利也。◎耜，音似，农具。

俶，音处，始也。◎载，事也。

函，含也。◎活，生也。◎言谷之实含于土中，斯乃能生也。

驿驿，苗生貌。◎达，出于土而达土面也。

厌，美好貌。有厌即厌然。◎杰，先长者也。

厌厌，众齐等貌。

绵绵，详密也。◎麃，音标，耘也。

济济，众多也。

亿亿为秭。参前《丰年》。

醴，甜酒也。

烝，进也。◎畀，音闭，予也。◎言献于祖妣。参前《丰年》。

洽，合也。

馥，音郇，芬香也。有馥即馥然。

椒，香也。有椒即椒然。

胡，寿也。◎宁，安也。◎言寿考者之所以安也。

且，音居，此也。◎言非此处有此丰收也。

匪今斯今，言非独今之时有斯好若今岁之丰年也。

振，极也。言极古以来，已如此也。

《载芟》全篇一章。言除草，除木，耕者松散其土矣。千耦已在田耕耘，或往下湿之地，或往田陌。家长、长子、仲叔各子，家族众子弟，以及帮助者，佣工者，皆至田矣。馌田之食至，众聚而食，喷然有声也。谁来馌田？是美妇也；何以馌田？爱其夫也。今耕者其耜甚利，始从事农作于南亩，播种百谷。其谷实含于土中，故乃能生也。于是苗生驿驿而达土之表面，先出之苗，厌然美好。渐渐苗生厌厌，多而齐等，经详密之耘治，而收获极多。其实之堆积，万亿以至亿亿，禾秉无数也。以此谷为酒为醴，以进献于祖妣以为祭，以合于多种之礼。此丰收馥然其香，邦家之光也；椒然其馨，高寿者之所以安乐也。非惟此处有此丰收也；非惟今之时有此若今日之丰收也。

极古以来，已如此也。本篇后半是预言丰收之状，春祭预言收成，皆希望之语，祈祷之辞也。

　　按：媚，美好也。马瑞辰说。

按《诗序》云："《载芟》，春藉田而祈社稷也。"然诗中无藉田之义在，惟言耕之而能多获，是希望祈祷之辞也。

良耜

《诗序》云:"《良耜》,秋报社稷也。"

畟畟良耜,俶载南亩。

播厥百谷,实函斯活。

或来瞻女,载筐及筥。

其饟伊黍,其笠伊纠,

其镈斯赵,以薅荼蓼。

荼蓼朽止,黍稷茂止。

获之挃挃,积之栗栗。

其崇如墉,其比如栉,

以开百室。

百室盈止,妇子宁止。

杀时犉牡,有捄其角。

以似以续,续古之人。

畟畟良耜，俶载南亩。播厥百谷，实函斯活。或来瞻女，载
筐及筥。其饟伊黍，其笠伊纠，其镈斯赵，以薅荼蓼。荼蓼
朽止，黍稷茂止。获之挃挃，积之栗栗。其崇如墉，其比如
栉，以开百室。百室盈止，妇子宁止。杀时犉牡，有捄其角。
以似以续，续古之人。

畟，音测。畟畟，严利貌。

俶，音处，始也。◎载，事也。

函，含。◎活，生也。参前《载芟》。

或，助词，无义。◎瞻，省视也。◎言有女来省视耕田者，
谓来饷田也。

载，舟车运物曰载，此谓携来筐及筥也。◎筥音举，圆筐也。
筐筥皆盛物者。

饟，同饷，音赏，食也。◎伊，维也。

纠，以绳纠结项下也。

镈，音博，田器。参前《臣工》。◎赵，刺也。

薅，音蒿，拔田草也。◎荼，音涂，陆草。◎蓼，水草。

止，语尾词。

挃，音至。挃挃，获禾之声。

栗栗，众多也。

崇，高也。◎墉，城墙也。

栉，梳也。言密也。

以开百室，言获多故以百室藏之也。

宁，安也。

时，是也。◎犉，音淳。黄牛黑唇曰犉。◎牡，雄者。

捄，音求，曲也。有捄即捄然。

似，嗣也。

古之人谓先祖也。◎言嗣续先祖以奉祭祀而不绝也。

《良耜》全篇一章。言严利良耜，始从事于南亩，播种百谷，谷实含于土中乃能生也。有女来视，携来筐筥，筥筐中之食物，则黍饭是也。农夫之笠，纠结项下；农夫之镈，甚为尖锐；农夫在田，以拔除荼蓼。荼蓼朽矣，黍稷茂矣。及其成熟，获之挃挃然有声。积之众多，高如城墙，相接比如栉，故当开百室以藏之也。百室既满，妇子皆安。乃杀是黑唇黄牛之雄而曲其角者，以祭社稷，以嗣续先祖奉祭祀不绝也。

按：秋报社稷者，秋祭社稷之神，故追述春耕而预言冬获。似前篇春祈社稷而预言秋成者也。

丝衣

此绎祭之诗也。

丝衣其紑（fú），载弁俅俅（biàn qiú）。
自堂徂基，自羊徂牛，
鼐鼎及鼒（nài zī）。
兕觥其觩（sì gōng qiú），旨酒思柔。
不吴不敖（huà áo），胡考之休。

丝衣其紑，载弁俅俅。自堂徂基，自羊徂牛，鼐鼎及鼒。兕觥其觩，旨酒思柔。不吴不敖，胡考之休。

丝衣，祭之服也。◎紑，音弗，洁貌。

载，语词。◎弁，冠也。◎俅，音求。俅俅，恭顺之貌。

徂，往也。◎基，门塾之基也。门侧之堂谓之塾，一门凡四塾，门塾之基，庙门内塾之基也。绎先扫堂而后及基。堂在内，基在外。

又视牲，从羊至牛。

鼐，音奈，大鼎也。◎鼒，音兹，又音灾，又音才，小鼎也。鼎，古时用以烹牲者。

兕觥，以兕角为爵。◎觩，音求，曲貌。

旨，美也。◎思，语词。◎柔，和也。

吴，音话，喧哗也。◎敖，急傲也。

胡，寿也。参前《载芟》。◎休，美也。

《丝衣》全篇一章。言丝衣光洁，冠亦恭顺，士祭于王之肃整恭敬之服冠也。于是自堂至基，视壶濯笾豆之属，告君以濯具；又自羊至牛以视牲。反告君以充肥。又发其鼎鼐及鼒之覆盖，而告君以鼎之洁。此祭之初，使视各事之洁备不失礼也。于是举兕觥旨酒以献，不哗不急，故能得寿考之美也。

按《诗序》云："《丝衣》，绎宾尸也。高子曰：'灵星之尸也。'"绎，祭之名，祭之明日又祭也。周谓之绎，商谓之肜。宾尸者，卿大夫祭之同日又祭之礼。尸者，祭时以生人一人当受祭之位以为主，若今之以画像当之也。然绎与宾尸既不同，此诗所歌者既为绎。而《序》以绎与宾尸连言，则为不妥。其下云："高子曰：'灵星之尸也。'"尤难解释。高子为谁，颇难知之；灵星为何，亦难确定。而古代祭天地日月星辰山川之属无尸，而此言祭灵星，又言宾尸，则《序》之前后未合也。姚际恒于此辨之甚详。然则但谓为绎祭之诗可矣。

酌

朱传云："此亦颂武王之诗。"

於铄王师，遵养时晦。
时纯熙矣，是用大介。
我龙受之，蹻蹻王之造。
载用有嗣，实维尔公。
允师。

於铄王师，遵养时晦。时纯熙矣，是用大介。我龙受之，蹻
蹻王之造。载用有嗣，实维尔公。允师。

於，音乌，叹词。◎铄，美也。

遵，循也。◎养，谓使成长也。◎晦，闇昧也。◎言武王之师，
能循其时势，养以壮大于此闇昧之时也。闇昧之时谓纣之时也。

纯，大也。◎熙，光也。

介，甲也。言是以张大其甲兵。

龙，宠也。言我之受此宠光。

蹻蹻，武貌。◎造，为也。言皆蹻蹻之王之所为也。谓王之功也。

载，则也。言则其所以嗣之者。

尔，谓武王。◎公，事也。言其所嗣者惟尔武王之所事也。

允，信也。言信可为师也。

《酌》全篇一章。言：於！美哉武王之师！能循时养其锐
势于闇昧之时。待时至大显光明，乃张大其甲兵而定天下矣。
我今受此宠光，是蹻蹻武王之功也。然则所应继嗣者，实维武
王前之所事者耳。武王信为可师法者也。

按《诗序》云："《酌》，告成大武也。言能酌先祖之道以养天下也。"此误
以酌为酌先祖之道而言也。朱传云："酌即勺也。内则十三舞勺，即以此
诗为节而舞也。然此诗与《赉》《般》皆不用诗中字名篇，疑取乐节之名。"
《礼记·内则》："十有三年，学乐诵诗，舞勺。成童舞象。学射御。"《正义》：
"舞勺者，熊氏云：'勺篇也。'"然则此"酌"是舞之名，与象之义等。《左
传·宣公十二年》引此诗作"汋"，注："音酌"。勺亦音酌。《汉书·礼乐
志》王先谦注云："勺，《诗》作酌，《左传》作汋，《繁露》质文篇作酌，《白
虎通》：'周公之乐曰酌，合曰大武。'"然则歌勺诗，舞大武不疑也。《仪礼》

《礼记》皆言舞勺，明勺有舞。《周礼》《礼记》《左传》言舞大武，盖勺舞即大武舞耳。"《左传》以《赉》为《武》之三,《桓》为《武》之六,此《酌》亦当为《武》之一章也。参前《武》篇。

桓

此祀武王，颂其武功之诗也。

绥万邦，娄丰年，天命匪解^{xiè}。
桓桓武王，保有厥士，
于以四方，克定厥家。
於^{wū}昭于天，皇以间之。

绥万邦，娄丰年，天命匪解。桓桓武王，保有厥士，于以四方，克定厥家。於昭于天，皇以间之。

绥，安也。

娄，音屡，《左传》引作屡。言屡获丰年也。

解，同懈。

桓桓，武貌。

保有厥士，于以四方，二句言保有其卿士而用之于四方也。

於，音乌，叹词。

皇，美也。◎闲，代也。

《桓》全篇一章。言安天下而屡获丰年，是天命之于周也。而武王承天命，为善而不懈，故能如是也。桓桓武王，乃能保有其卿士，而用其武事于四方，故能定其家邦。於！其德上昭于天，天乃美之而以代殷也。

按《诗序》云：“《桓》，讲武类祃也。桓，武志也。”讲武类祃者，谓武王将欲伐殷，先陈列六军，讲习武事，又为类祭于上帝，为祃祭于所征之地。类、祃皆祭之名。谓桓者，威武之志也。亦近是，惟未见确据耳。《左传·宣公十二年》，以此诗为武王之六章。揆其文辞，亦甚似之。此当是祀武王而颂其武功之诗也。

赉

此武王克商，归告文王庙也。

文王既勤止，我应受之，敷时绎思。
我徂维求定，时周之命，於^{wū}绎思！

文王既勤止，我应受之，敷时绎思。我徂维求定，时周之命，
於绎思！

止，语尾词。

我，武王也。◎应，当也。

敷，布也。◎时，是也。◎绎，陈也。◎思，语词。◎言我
受文王之勤劳天下之功业，布是政而陈之。

徂，往也。言自今以往，我以此而求天下之安定。

时周之命，是周之所以受天命而当行者也。

於，音乌，叹词。

《赉》全篇一章，言文王既勤劳而成其功业，我当受其业，
布是政，陈绎而行之。自今以往，我当以此而求天下之安定，
是即周之所以受天命而当行者也。於！当陈绎而行文王之道也。

按《诗序》云："《赉》，大封于庙也。赉，予也。言所以锡予善人也。"然
诗中毫无大封之义。姚际恒方玉润皆以此诗为武王克商归告文王庙之诗，
辨证甚详，其说近是。《左传·宣公十二年》以为《武》之三章。

般

《诗序》云：“《般》，巡守而祀四岳河海也。”

於皇时周，陟其高山。
^{wū}

隋山乔岳，允犹翕河。
^{duǒ}

敷天之下，裒时之对，
^{póu}

时周之命。

於皇时周，陟其高山。嶞山乔岳，允犹翕河。敷天之下，裒
时之对，时周之命。

於，音乌，叹词。◎皇，美也。◎时，是也。

陟，音至，升也。

嶞，音朵，狭而长也。◎乔，高也。

允，信也。◎犹，同由。◎翕，合也。◎河，黄河。◎言信
由此而合于河，谓山河之险阻及美也。

敷，遍也。

裒，音抔，聚也。◎对，答也。言诸侯皆聚于此以答扬天子
之休命也。

时周之命，是周之所以承天命而王也。

《般》全篇一章。言：於！美哉是大周，升其高山，其山
长而且高，信乎由此而可合于黄河。山河锦绣，是我所欲祭祀
者也。当此之时，普天之下之诸侯，皆聚于此，以答扬天子之
休命，是周之所以承天命而生也。

按：裒时之对，参马瑞辰说。

按：笺云："《般》，乐也。"

鲁颂

周公旦佐武王伐纣有功。武王封周公于少昊之虚曲阜，是为鲁公。周公不就封，留佐武王。武王崩，成王幼，周公留相成王，而使其子伯禽代就封于鲁。周公卒，成王乃命鲁得郊、祭文王。鲁有天子礼乐，以褒周公之德也。朱传云："成王以周公有大勋劳于天下，故赐伯禽以天子之礼乐，鲁于是乎有颂，以为庙乐。其后又自作诗以美其君，亦谓之颂。"朱传所言，释鲁之诗不属国风，以其用天子之礼乐，故不为《风》而为《颂》也。又《鲁颂》皆赞美颂祷之诗，而非庙堂祀神之诗，故曰"又自作诗以美其君，亦谓之颂也"。故《鲁颂》虽亦名为颂，实非颂之体，而兼为风雅者也。

駉

朱传云：“此诗言僖公牧马之盛。”

駉駉牡马，在坰之野，薄言駉者：有骄有皇，有骊有黄，以车彭彭。思无疆，思马斯臧！

駉駉牡马，在坰之野。薄言駉者：有骓有駓，有骍有骐，以车伾伾。思无期，思马斯才！

駉駉牡马，在坰之野。薄言駉者；有驒有骆，有骝有雒，以车绎绎。思无斁，思马斯作！

駉駉牡马，在坰之野。薄言駉者：有骃有騢，有驔有鱼，以车祛祛。思无邪，思马斯徂！

骊骊牡马，在坰之野，薄言骊者：有骄有皇，有骊有黄，以车彭彭。思无疆，思马斯臧！

骊，音扃。骊骊，良马腹干肥张也。◎牡马，雄马。

坰，远野也。邑外曰郊，郊外曰野，野外曰林，林外曰坰。

薄、言皆语词。

骄，音聿，骊马白跨者。◎皇，黄马杂白者。

骊，黑马。◎黄，黄骍也。

彭彭，有力有容也。

思，语词。◎无疆，无尽之意。无尽是多、大之意，皆美之也。

臧，美也。

第一章，言肥大之雄马，在于远野。此雄大之马，有骄有皇，有骊有黄，驾车彭彭然有力而有威容。思！无尽之美也！思！此马如是之美也！

骊骊牡马，在坰之野。薄言骊者：有骓有駓，有骍有骐，以车伾伾。思无期，思马斯才！

骓，音锥，苍白杂毛之马。◎駓，音丕，黄白杂毛之马。

骍，赤黄之马。骐，马青骊文如博棊者。

伾，音丕，伾伾，有力。

无期与无疆义同。

才谓美材，亦美之意也。

第二章，义同首章，换韵而重唱之。

骊骊牡马，在坰之野。薄言骊者；有驔有骆，有骊有雒，以车绎绎。思无斁，思马斯作！

骓，音驮，马之青骊辚者。言色有深浅斑白如鱼鳞。◎骆，
白马黑鬣者。

骝，音留。马之赤身黑鬣者。◎雒，音洛，马之黑身白鬣者。

绎绎，善走也。

斁音亦。厌也。无厌，亦含美之义。

作，奋起也。奋起亦赞美马也。

第三章，义同前章，换韵而三唱之。

駉駉牡马，在坰之野。薄言駉者：有骃有騢，有驒有鱼，以
车祛祛。思无邪，思马斯徂！

骃，音因，马之阴白杂毛者。◎騢，音遐，马之彤白杂毛者。

驒，音簟，豪骭曰驒。豪在骭而白也。◎鱼，马之二目白而
似鱼也。

祛，音区。祛祛，强健也。

无邪，言无不正，谓其完美也，亦赞美之义。

徂，音除，行也。◎言马之善行如此，亦美之之词也。

第四章，义同前三章，又换韵四叠而唱之。

按《诗序》云："《駉》，颂僖公也。僖公能遵伯禽之法，俭以足用，宽以爱民，
务农重谷，牧于坰野，鲁人尊之。于是季孙行父请命于周，而史克作是颂。"
《序》说至"鲁人尊之"，义近朱传之说，惟说明颂美之意耳。若季孙行父
请命于周，史克作颂，则全不知何据而言之。朱传之说，得其鲜明。惟何
以言僖公，仍未可遽信也。

有駜

此燕饮而颂鲁君之诗

有駜有駜，駜彼乘黄。夙夜在公，在公明明。
振振鹭，鹭于下。鼓咽咽，醉言舞。于胥乐兮。

有駜有駜，駜彼乘牡。夙夜在公，在公饮酒。
振振鹭，鹭于飞。鼓咽咽，醉言归。于胥乐兮。

有駜有駜，駜彼乘骃。夙夜在公，在公载燕。
自今以始，岁其有。君子有穀，诒孙子。于胥乐兮。

有驖有驖，驖彼乘黄。夙夜在公，在公明明。振振鹭，鹭于下。鼓咽咽，醉言舞。于胥乐兮。

驖音弼，马肥壮貌。有驖即驖然。

四马曰乘。乘，音盛。乘黄言四黄马也。

明明，辨治也。

振振，群飞貌。◎鹭，白鸟也。

于，助词。◎下，来至之义。◎鹭以喻洁士。鹭来至谓洁白之士，集于君之前也。

咽音渊。咽咽，鼓声也。

言，语词。

于，语词。◎胥，相也。

第一章，言驖然肥壮者，彼四黄色之马也。马之肥壮，喻能致远，因以兴起君之有贤能之臣，可以安国治民也。故云夙夜在公，以理政事；而在公能明治，故国安而君能成其德也。乃复以振振鹭起兴。鹭于下，喻洁士集于君之前也。集君前燕饮，乃击鼓咽咽，且醉而舞，以相为乐也。此章以君能得臣，臣能事君，君燕贤臣，相与为乐，以见君之有德，而以为颂美之词也。

有驖有驖，驖彼乘牡。夙夜在公，在公饮酒。振振鹭，鹭于飞。鼓咽咽，醉言归。于胥乐兮。

牡，雄马也。

饮酒，言君燕臣，是君有德而臣能有余暇也。

第二章，义同首章，换韵而重唱之。

有驷有驷，驷彼乘骃。夙夜在公，在公载燕。自今以始，岁
其有。君子有穀，诒孙子。于胥乐兮。

骃，音劝，马之青骊者。

载，则也。◎燕，燕饮也。

有，有谓有年，丰年也。

穀，善也。

诒，遗也。

第三章，义仍同上两章，惟于在公载燕之下，忽增益"自
今以始，岁其有。君子有穀，诒孙子"，以代鼓咽咽二句。前
二章鼓声醉舞，言燕饮已足，故于此不再燕饮，而改以颂祷之
词。自今有岁，是颂君之德；君子有穀，是称君之善也。故曰
以诒孙子。言此德此善当遗子孙也。末章加重颂祷之词，笔法
一变，尾仍以"于胥乐兮"为结，与前二章呼应，甚得文势。

按：《诗序》以为颂僖公君臣之有道。颂僖公既无据，言颂君臣亦未合。
朱传以为燕饮而颂祷之词，近之。愚意以为是颂鲁君者也，惟未审是何公耳。

泮水

此伯禽征淮夷，执俘告于泮宫，为释菜之礼之诗。

思乐泮水，薄采其芹。鲁侯戾止，言观其旂。
其旂茷茷，鸾声哕哕。无小无大，从公于迈。

思乐泮水，薄采其藻。鲁侯戾止，其马蹻蹻。
其马蹻蹻，其音昭昭。载色载笑，匪怒伊教。

思乐泮水，薄采其茆。鲁侯戾止，在泮饮酒。
既饮旨酒，永锡难老。顺彼长道，屈此群丑。

穆穆鲁侯，敬明其德。敬慎威仪，维民之则。
允文允武，昭假烈祖。靡有不孝，自求伊祜。

明明鲁侯，克明其德。既作泮宫，淮夷攸服。
矫矫虎臣，在泮献馘。淑问如皋陶，在泮献囚。

济济多士，克广德心。桓桓于征，狄彼东南。
烝烝皇皇，不吴不扬。不告于讻，在泮献功。

角弓其觩，束矢其搜。戎车孔博，徒御无斁。
既克淮夷，孔淑不逆。式固尔犹，淮夷卒获。

翩彼飞鸮，集于泮林。食我桑黮，怀我好音。
憬彼淮夷，来献其琛。元龟象齿，大赂南金。

思乐泮水，薄采其芹。鲁侯戾止，言观其旂。其旂茷茷，鸾声哕哕。无小无大，从公于迈。

思，语词。◎泮，音畔。泮水，泮宫之水，泮宫之东西南方，有水形如半璧即泮水也。天子学宫曰辟廱，诸侯曰泮宫。

薄，语词。◎芹，水菜也。

戾，正也。◎止，语词。

言，语词。◎旂，音旗，旗上交龙者曰旂。

茷，音吠。茷茷，飞扬也。

鸾，车上之铃也。◎哕，音慧。哕哕，声也。

小大，言职位尊卑也。

公，谓鲁君伯禽也。◎于，助词。◎迈，行也。于迈犹言前行。

第一章，写鲁侯来至泮宫之状。言乐见此泮宫之水，而采其芹菜。言芹者，引起释菜之礼也。故下言鲁侯乃来至此，观其旂飞扬，铃声哕哕。群臣无分尊卑，皆从公行迈而来。

思乐泮水，薄采其藻。鲁侯戾止，其马蹻蹻。其马蹻蹻，其音昭昭。载色载笑，匪怒伊教。

蹻蹻，强盛也。

昭昭，明朗也。

载，则也。◎色，面色温和也。

匪怒伊教，不怒是其教化也。

第二章，义大致同上章，末言其颜色和悦，足以为非怒之教化。颂之也。

思乐泮水，薄采其茆。鲁侯戾止，在泮饮酒。既饮旨酒，永
锡难老。顺彼长道，屈此群丑。

茆，音卯，凫葵也，即莼菜也。

锡，赐也。◎难老，难于衰老也。此言天将永赐其难于衰老。
祝长寿之义也。

长道，大道也。

屈，服也。◎群丑，谓淮夷也。

第三章，仍以"思乐泮水"起兴，言鲁侯在泮饮酒。既饮
美酒，天永赐其长寿，鲁侯乃能顺其大道而屈服淮夷群丑也。

穆穆鲁侯，敬明其德。敬慎威仪，维民之则。允文允武，昭
假烈祖。靡有不孝，自求伊祜。

穆穆，美也。

则，法也。

昭，明也。◎假音格，至也。◎烈祖，谓周公。◎言昭明至
于周公之德。谓张大其德也。

孝，效也，法效也。

伊，语词。◎祜，福也。◎言伯禽之多福，是自求而得之。
亦颂祷之词也。

第四章，颂伯禽之德也。言穆穆然美者，鲁侯也。能敦明
其德，敬慎其威仪，是民之法则也。鲁侯信有文德，信有武功，
其所行能昭明，至于似其烈祖周公。鲁侯无有不效法周公者，
其能多福，乃自求而得之者也。

按：靡有不孝，笺云："国人无不法效之者。"孝本作孝，

孝，效也。陈奂说。

明明鲁侯，克明其德。既作泮宫，淮夷攸服。矫矫虎臣，在泮献馘。淑问如皋陶，在泮献囚。

攸，是也。

矫矫，武貌。

馘，音国，杀敌割取其左耳以计功者。

淑，善也。◎陶，音尧，皋陶，舜之士，司刑狱之官，善听讼。

第五章，颂鲁侯征淮夷献馘献囚于泮也。言明明哉鲁侯能昭明其德。既作泮宫，而征服淮夷。于是矫矫然之武臣，在泮宫献馘；于俘则善问之如皋陶焉，而献俘囚于泮宫。

济济多士，克广德心。桓桓于征，狄彼东南。烝烝皇皇，不吴不扬。不告于讻，在泮献功。

济济，众多也。

德心，善意也。

桓桓，武貌。于，助词。于征即出征之义。

狄读为剔，治也。

烝烝，皇皇，盛也。

吴，喧哗也。扬，扬声也。

讻，音凶，讼也。言无争功告于治讼之官者。

第六章，再颂征淮夷献俘。言济济众多之士，能推广其善意。桓桓然以武力出征，治平东南之淮夷。其武功烝烝皇皇，其势盛大。及其成功而旋，不喧不哗，无争功致讼者，惟献功于泮宫。

角弓其觩，束矢其搜。戎车孔博，徒御无斁。既克淮夷，孔
淑不逆。式固尔犹，淮夷卒获。

觩，音求。曲也。

搜，矢疾声也。五十支为一束。

博，广大也。

斁，音易，厌也。无厌言能尽力敬事也。◎徒，徒步也。◎
御，御车者也。

淑，善也。

式，语词。◎犹，谋也。

淮夷卒获，言淮夷终于被获也。

第七章，颂鲁侯之征服淮夷也。言角弓曲然，束矢搜然
疾发。兵车甚广大，徒者御者皆能尽力而敬事。既克淮夷矣，
乃皆甚善而不为违逆矣。因鲁侯之能固尔之谋，故淮夷卒能
平定。

翩彼飞鸮，集于泮林。食我桑黮，怀我好音。憬彼淮夷，来
献其琛。元龟象齿，大赂南金。

鸮，音枭，恶声之鸟也。

黮，音甚，桑之果实也。

怀，归也。◎好音，善音也。

憬，音景，远行貌。

琛，音瞋，宝也。

元龟，尺二寸，大龟也。

赂，音路，遗也。大赂言多遗金宝于我。◎南金，荆扬等南

地所产之金也。

第八章，写淮夷降服之状也。言彼翩翩然之飞鸮，集于泮之林矣。彼鸮是恶声之鸟也，然食我之桑葚，则归我而为好音，不为恶声矣。此以喻淮夷之能归服也。故云：彼淮夷远行而至，来献其宝，献其大龟及象牙，又多遗其南方所产之金，以示归服也。

按《诗序》云：“《泮水》，颂僖公能修泮宫也。”诗中既言“既作泮宫”，固非修也。亦非关僖公，诗中云：“淮夷攸服。”伯禽有征淮夷事，见于费誓。此盖伯禽征淮，执俘告于泮宫，诗以颂之也。《礼记·王制》云：“受命于祖，受成于学。出征执有罪，反释奠于学，以讯馘告。”郑注：“释菜奠币，礼先师也。”释菜者，以苹蘩之属礼先师也。

閟宫

此新庙已成，僖公祀于庙，史臣作颂也。

閟宫有侐，实实枚枚。
赫赫姜嫄，其德不回。
上帝是依，无灾无害。
弥月不迟，是生后稷，
降之百福。
黍稷重穋，稙稺菽麦。
奄有下国，俾民稼穑。
有稷有黍，有稻有秬。
奄有下土，缵禹之绪。

后稷之孙，实维大王。
居岐之阳，实始翦商。
至于文武，缵大王之绪，
致天之届，于牧之野。
无贰无虞，上帝临女。
敦商之旅，克咸厥功。

王曰：叔父，建尔元子，

俾侯于鲁。

大启尔宇，为周室辅。

乃命鲁公，俾侯于东。

锡之山川，土田附庸。

周公之孙，庄公之子。

龙旂承祀，六辔耳耳。

春秋匪解^{xiè}，享祀不忒^{tè}。

皇皇后帝！皇祖后稷！

享以骍牺^{xīng}，是飨是宜，

降福既多。

周公皇祖，亦其福女^{rǔ}。

秋而载尝，夏而楅衡^{fú}。

白牡骍刚，牺尊将将^{qiāng}。

毛炰胾羹^{páo zì}，笾豆大房^{biān}。

万舞洋洋，孝孙有庆。

俾尔炽而昌，俾尔寿而臧。

保彼东方，鲁邦是尝。

不亏不崩，不震不腾。

三寿作朋，如冈如陵。

公车千乘^{shèng}，朱英绿縢^{téng}，

二矛重弓。

公徒三万，贝胄朱綅^{zhòu xiān}，

烝徒增增。

戎狄是膺，荆舒是惩，
则莫我敢承！
俾尔昌而炽，俾尔寿而富。
黄发台背，寿胥与试。
俾尔昌而大，俾尔耆而艾。
万有千岁，眉寿无有害。

泰山岩岩，鲁邦所詹。
奄有龟蒙，遂荒大东。
至于海邦，淮夷来同。
莫不率从，鲁侯之功。

保有凫(fú)绎(yì)，遂荒徐宅。
至于海邦，淮夷蛮貊(mò)。
及彼南夷，莫不率从。
莫敢不诺，鲁侯是若。

天锡公纯嘏(gǔ)，眉寿保鲁。
居常与许，复周公之宇。
鲁侯燕喜，令妻寿母。
宜大夫庶士，邦国是有。
既多受祉，黄发儿齿。

徂来之松，新甫之柏。

是断是度，是寻是尺。

松桷有舄，路寝孔硕，
新庙奕奕。

奚斯所作，孔曼且硕，
万民是若。

閟宫有侐，实实枚枚。赫赫姜嫄，其德不回。上帝是依，无灾无害。弥月不迟，是生后稷。降之百福。黍稷重穋，稙穉菽麦。奄有下国，俾民稼穑。有稷有黍，有稻有秬。奄有下土，缵禹之绪。

閟，音必，邃秘之义。◎宫，庙也。◎侐，音洫，清静貌。有侐即侐然。

实实，巩固也。◎枚枚，砻密也，言磨砻石块而密砌之也。

赫赫，显盛貌。◎姜嫄，周始祖后稷之母，参前《生民》。

回，邪也。

依，犹眷顾也。

弥，满也。弥月，满十月怀孕之期也。

后稷，周之始祖，参前《生民》。

重，音虫。穋，音路。先种后熟曰重；后种先熟曰穋。

稙，音直，先种曰稙。◎穉，音至。后种曰穉。◎菽，豆也。

奄犹覆也。奄有下国谓封于邰也。

俾，使也。◎种曰稼，敛曰穑。

秬，音巨，黑黍也。

缵，音纂，继也。◎绪，业也。言禹平水土，而后稷教民播种，故谓继禹之业，皆安天下教万民之业也。

第一章，因庙而及姜嫄，颂周之先德。言邃秘之庙，甚为清静，其建筑巩固，基墙砻密。盖姜嫄之庙也。故云：赫赫乎显盛之姜嫄，其德不邪，故上帝眷顾之，使其怀孕之后，无灾无害，满十月而生子，不稍迟也。后稷之生也，天降以百福，使善播百谷，黍稷重穋，稙穉菽麦，皆丰收焉。乃奄有下国，封于邰也。后稷乃使民稼穑，稷黍稻秬，皆丰收，乃覆有下土，而得天下。民而安生，周乃继禹之功业者也。

按：閟，邃秘之义。屈万里说。

后稷之孙，实维大王。居岐之阳，实始翦商。至于文武，缵大王之绪，致天之届，于牧之野。无贰无虞，上帝临女。敦商之旅，克咸厥功。

大，读为太。大王，古公亶父也，文王之父。参前《绵》。

岐，岐山，参前《绵》。

翦，犹割也，侵削之也。

届，殛也，谓诛杀也。

牧野，商之郊。武王伐纣至牧野乃誓。

贰，二心也。◎虞，虑也。

女，读为汝。

敦，治之也。◎旅，众也。言武王克殷而治商之臣民。

咸，同也。言辅佐之臣，同有其功也。

第二章，于姜嫄后稷之后，述大王及文武之德。言后稷之后裔太王，居岐之阳，实始侵削商之地。至于文王武王，继太王之业，尽其天之诛殛于纣，而至于牧野。此是上帝之降临于汝以天命，不必有二心，不必有顾虑，但行之可矣。于是克商而有天下，治商之臣民。其辅佐之臣，亦同有其功也。

按：翦商，翦削商也。言侵削之。屈万里说。

王曰：叔父，建尔元子，俾侯于鲁。大启尔宇，为周室辅。

乃命鲁公，俾侯于东。锡之山川，土田附庸。周公之孙，庄公之子。龙旂承祀，六辔耳耳。春秋匪解，享祀不忒。皇皇后帝！皇祖后稷！享以骍牺，是飨是宜，降福既多。周公皇祖，亦其福女。秋而载尝，夏而楅衡。白牡骍刚，牺尊将将。毛炰胾羹，笾豆大房。万舞洋洋，孝孙有庆。俾尔炽而昌，俾尔寿而臧。保彼东方，鲁邦是尝。不亏不崩，不震不腾。三寿作朋，如冈如陵。

叔父，周公为成王之叔父。王是成王。

建，立也。◎元，首也。元子，周公之长子伯禽也。

俾，使也。

启，开也。◎宇，居也。

鲁公，伯禽也。

俾侯于东，言鲁在东。

锡，赐也。

附庸，小国也。不能自达于天子，乃附庸于鲁。

庄公之子，是僖公也。庄公子开为闵公。闵公被弑。庄公少子申立，是为僖公。闵公在位二年，被弑，无可颂者，僖公在位三十三年，此必谓僖公也。

旂，音旗。旗上绘交龙者曰旂。

六辔，四马有八辔，两骖马内辔纳于觼，故为六辔，参前《秦风·驷驖》。◎耳耳，至盛也。

解，即懈，音谢。春秋言四时也。简言之，错举春秋二季。匪解言奉祀不散懈也。

忒，音特，过差也。

皇皇，大也。◎后帝谓天也。

享，献也。◎骍牺，纯赤色之牛也。

是飨是宜，言神飨之而宜之。

皇祖谓群公，周之先也。

女，读为汝。◎其，语词。言周之皇祖群公亦降福于汝。

载，则也。秋祭曰尝。

楅，音福。楅衡，以木横施于牛角，以防其触人也。凡祭之牛，设其楅衡，止其触人，以免不吉。◎秋而载尝，夏而楅衡，二句言秋祭之牛，而夏则先楅衡其牛，早为之戒也。

白牡，白色雄牛也。◎骍，纯赤。刚，犅之假借字。骍刚，赤色牡牛也。◎白牲为祭周公之牲。骍刚为祭鲁公所用之牲。

牺尊，尊作牛形，空其背以受酒也。◎将，音锵。将将，严正貌。

炰，音庖。毛炰，带毛包泥而烧之也。◎胾，音恣，切肉也。◎羹，煮肉汁也。

笾，音边。祭时盛器。竹制曰笾，木制曰豆。◎大房，盛牛体牲之俎也。足下有跗如堂房也。

万舞，兼文武之舞之总名。参《邶风·简兮》。◎洋洋，众盛之貌。

孝孙，谓僖公也。◎庆，福也。

炽，盛也。◎昌，大也。

臧，善也。

常，永守也。

腾，惊动也。

三寿，上寿百二十岁，中寿百岁，下寿八十岁。言僖公可与

1229

三寿之人相齐等，祝长寿也。

第三章，叙伯禽封鲁，传至僖公，奉祀于祖。言成王曰："叔父，立尔之长子伯禽，使为鲁侯，大开拓其土宇，为周室之辅。"于是乃命鲁公为侯于东地，赐以山川土田，并有附庸之小国。其后传至庄公之子，龙旂奉祀，六辔耳耳然至盛。四时奉祀，不敢懈怠，献祭未有过差也。皇皇上天，皇祖后稷，皆受纯赤之牛之献祭，神飨而宜之，降福已甚多矣。周之皇祖群公，乃亦降福于汝。秋则尝祭，自夏即以楅衡施于牛，白牡骍犅，牺尊严正，毛炰之牲，切肉美羹，置之笾豆，盛之大房，以献于神。于时万舞众盛，而主祭之鲁公有福矣。神将使鲁公盛而且大，使鲁公长寿而多善，能保彼东方之鲁国，鲁国可永守不变也。不亏不崩，不震不惊；三寿之人，可与相齐；如冈之坚，如陵之固，是皆愿以颂祷于鲁公者也。

按：白牡骍刚，《公羊传·文公十三年》："周公用白牡，鲁公用骍犅。"

三寿，马瑞辰说。

公车千乘，朱英绿縢，二矛重弓。公徒三万，贝胄朱綅，烝徒增增。戎狄是膺，荆舒是惩，则莫我敢承！俾尔昌而炽，俾尔寿而富。黄发台背，寿胥与试。俾尔昌而大，俾尔耆而艾。万有千岁，眉寿无有害。

千乘，大国之赋也。成方十里出革车一乘，甲士三人。千乘之地则三百六十里有奇也。

朱英，饰矛者。◎绿縢，绿绳，用以缠弓者。

二矛，一酋矛，一夷矛，参《郑风·清人》。◎重弓，谓备二弓也。

三万，举大国三军之数。三军谓车三百七十五乘，三万七千五百人，兹举其成数耳。

贝胄，以贝饰胄也。胄，盔也。◎緌，音纤，线也。朱緌所以缀贝为胄之饰也。

烝，众也。◎增增，众貌。

戎，西戎也。◎狄，北狄也。◎膺，当也。当者，击也。僖公与齐桓举义兵，北当戎狄，南艾荆舒。

荆，楚也。◎舒，国名，楚之与国。◎惩，艾也。艾，止也。

承，御也。言僖公北当戎狄，南艾荆舒，天下无敢御也。

黄发，老人发复黄也。◎台背，大老则皆有鲐文。参《大雅·行苇》。黄发台背言寿考也。

胥，相也。◎试，比也。言寿可与黄发台背者相比。

耇、艾，皆老寿也。

有，又也。

眉寿，高寿也。寿高者有豪眉。

第四章，颂僖公武功也。言公车千乘，有朱英之矛，绿縢之弓。二矛重弓，公徒众三万，以贝饰盔，朱线以缀贝。众徒增增然众多，北击戎狄，南惩荆舒，莫之敢御也。神必使尔大而且盛，使尔寿高而富，寿与黄发台背者相比。使尔昌盛而大，使尔寿高耇艾，万岁千年，秀豪眉而无有害及于身也。

按：试，比也。马瑞辰说。

泰山岩岩，鲁邦所詹。奄有龟蒙，遂荒大东。至于海邦，淮夷来同。莫不率从，鲁侯之功。

岩岩，积石貌。

詹，同瞻。◎泰山为鲁之望，故曰鲁邦所瞻视。

龟，蒙，二山名，在今山东省。龟在今泗水县。蒙在今蒙阴县。

荒，奄有也。◎大东，东方之大国也。

海邦，近海之国也。

来同，来为同盟也。

率从，相率而从也。

第五章，述鲁侯之武功。言泰山高耸，鲁国之所瞻也。奄有龟蒙之山，遂有东方之大国，至于近海之地。淮夷来与同盟，小国莫不相率而从，是鲁侯之功也。

保有凫绎，遂荒徐宅。至于海邦，淮夷蛮貊。及彼南夷，莫不率从。莫敢不诺，鲁侯是若。

凫，音扶。山名。◎绎，音亦，山名。◎凫在今山东鱼台县。绎即峄山，在今峄县。

徐，国名。◎宅，居也。◎言遂奄有徐人之所居处。

蛮貊，言蛮夷之人。蛮，南夷。貊，东夷也。

南夷，荆楚也。

诺，应之辞也。

若，顺也。

第六章，仍述鲁侯之武功。言保有凫绎之山，遂奄有徐国之地，至于海淮；淮夷蛮貊及彼南夷，莫不相率而从，莫敢违逆不应命者，皆顺从鲁侯者也。

天锡公纯嘏，眉寿保鲁。居常与许，复周公之宇。鲁侯燕喜，令妻寿母。宜大夫庶士，邦国是有。既多受祉，黄发儿齿。

纯，大也。◎嘏，音古，福也。

居，住也。◎常，许，鲁地名。常许二地为齐侵。僖公时，齐桓公反鲁侵地。

燕，安也。

令，善也。◎寿，寿考也。

庶，众也。

有，常有也。

儿齿，亦寿者之征。

第七章，述僖公之德。言天赐公大福。高寿以保我鲁国。我国人乃得居于常及许，此皆公之所复周公之故地也。鲁侯以功德而安乐，能善其妻而寿其母，能和宜其大夫众士，于是乃能常有其邦国。既多受福，而又黄发儿齿，至于高年也。

按：常与许，常当为棠；许或云许田，或云鲁有许邑。二邑当为齐侵而反者。反地棠潜，见《国语·齐语》及《管子·小匡》篇。许则未详。

徂来之松，新甫之柏。是断是度，是寻是尺。松桷有舄，路寝孔硕，新庙奕奕。奚斯所作，孔曼且硕，万民是若。

徂来，山名，在今山东泰安县东。

新甫，山名。

度，音堕，量也。

寻，八尺也。

桷，音角，方椽也。◎舄，音托，大也。有舄即舄然。

路寝，正寝也。正寝者三，高寝，左路寝，右路寝。高寝为始封君之寝，二路寝者，继体君之寝也。◎孔，甚也。◎硕，大也。

新庙，僖公所作之庙，谓閟宫也。◎奕奕，大貌。

奚斯，鲁公子鱼之名也。◎言此庙为奚斯所造。

曼，长也。

若，顺也。◎言万民顺从鲁侯也。

第八章，述新庙之成，并颂鲁公。言徂来山之松，新甫山之柏，翦伐以用，断之量之。应寻则寻，应尺则尺，以适其用。松椽甚大，庙之路寝甚大。若此新成之庙閟宫，奕奕然宏伟，乃公子奚斯主持建造者也。如此庙之甚长且大者，是鲁国万民顺从鲁侯，故能爱戴乃成其事者，是见鲁侯之德也。

按《诗序》云："《閟宫》，颂僖公能复周之宇也。"然诗之始及结尾皆言庙，是假新庙之祀而颂僖公之作也。复土宇非诗之主旨也。此庙为何庙，说者不一，然皆无确据。毛传以为姜嫄之庙，近之。

商
颂

朱传云："契为司徒，而封于商。传十四世而汤有天下。其后三宗迭兴。及纣无道，为武王所灭，封其庶兄微子启于宋，修其礼乐，以奉商后。其地在禹贡徐州泗滨，西及豫州盟猪之野。其后政衰，商之礼乐日以放失。七世，至戴公时，大夫正考父得《商颂》十二篇于周大师。归以祀其先王。至孔子编《诗》，而又亡其七篇。然其存者亦多阙文疑义，今不敢强通也。商都亳。宋都商丘。皆在今应天府亳州界。"按：商颂为宋之诗，非商代作品，详见前绪论"《诗经》之时代"一节。据《国语》，正考父应为十二篇之作者，亦见前。孔子编《诗》又亡七篇之说，未有据；今存五篇，谓多阙文疑义，亦未必然。如有之，则《殷武》三章最后脱一句耳。

那

《诗序》云："那，祀成汤也。"

猗与那与！置我鞉鼓。

奏鼓简简，衎我烈祖。

汤孙奏假，绥我思成。

鞉鼓渊渊，嘒嘒管声。

既和且平，依我磬声。

於赫汤孙！穆穆厥声。

庸鼓有斁，万舞有奕。

我有嘉客，亦不夷怿。

自古在昔，先民有作。

温恭朝夕，执事有恪。

顾予烝尝，汤孙之将。

猗与那与！置我鞉鼓。奏鼓简简，衎我烈祖。汤孙奏假，绥我思成。鞉鼓渊渊，嘒嘒管声。既和且平，依我磬声。於赫汤孙！穆穆厥声。庸鼓有斁，万舞有奕。我有嘉客，亦不夷怿。自古在昔，先民有作。温恭朝夕，执事有恪。顾予烝尝，汤孙之将。

猗，音医，叹美之辞。◎与，语词。◎那，多也。多亦美赞之义。

置，读曰植，树立也。◎鞉，音桃，有柄小鼓。参前《周颂·有瞽》。◎言树我商之乐，鞉与鼓也。置鼓是殷之制。

简简，和而大也，谓鼓声也。

衎，音侃，乐也。◎烈祖，烈，业也。有功业之祖，谓成汤也。

汤孙，成汤之孙，自大甲以下皆是。此当谓宋襄公。◎假，大也。奏假言奏大濩之乐。

绥，安也。◎思，语词。◎成，平也。◎汤孙奏假，绥我思成，二句言汤孙奏大濩之乐以安享太平之福也。

渊渊，深远，谓鼓声也。

嘒音惠，嘒嘒，清亮也。

依，倚也。谓与玉磬之声相倚和也。

於，音乌，叹词。◎赫，盛也。

穆穆，美也。◎厥声，其乐之声。

庸鼓，大鼓也。◎斁，音亦，盛貌。有斁即斁然。

万舞，兼文武之舞也。参前《邶风·简兮》。◎奕，音亦，有次序貌。有奕即奕然。

嘉客，谓助祭者也。

亦，语词。◎不，通丕。◎夷，悦也。◎怿音亦，亦悦也。

有作，有所作也。言有所行事。

温恭朝夕，言朝夕持其温恭之态。

恪，音客，敬也。有恪即恪然。◎二句言朝夕敬其事，持守温柔，以法古人。

顾，神来顾也。◎烝，冬祭。尝，秋祭也。此并言之，谓时祭也。时祭者谓四时之祭，简取烝尝也。

将，奉也。◎言此时祭为汤孙之所进奉也。幸神来顾我乎！

《那》全篇一章。言美欤！多欤！树植我商之乐鞉鼓焉。奏鼓简简然，其声和而大。此汤孙所奏之大濩之乐，以乐我祖，以安我而享太平之福也。鞉鼓渊渊然深远，管声嘒嘒然清亮，既和且平，以倚和我玉磬之声。於！显盛之汤孙，美其乐声。庸鼓之声虩然而盛，文武之舞奕然有序，我之来助祭者，皆大为喜悦也。自古之时，先民有其所行事矣。至于我汤孙，则朝夕敬其事，持守温恭，以法古人之行事。幸神来顾我乎！此汤孙所进奉之祭祀也。

按：汤孙奏假，绥我思成，参陈奂说。

按《诗序》继云："微子至于戴公，其间礼乐废，有正考甫者得商颂十二篇于周之大师，以《那》为首。"此语盖本《国语·鲁语》闵马父之言："昔正考父校商之名颂十二篇于周大师，以《那》为首。"《国语》之言，是谓正考父作《颂》，校于周太师，而《序》谓得《商颂》十二篇。《序》意是谓商颂为商代之作，至宋正考父得之。魏源《诗古微》证《商颂》为宋襄公时正考父祭商先祖而颂君德之诗，颇为有据。然则《商颂》为周代宋国之诗，非商代作品也。参本书绪论"《诗经》之时代"一节。

烈祖

朱传云："此亦祀成汤之乐。"

嗟嗟烈祖！有秩斯祜^{hù}。

申锡无疆，及尔斯所。

既载清酤，赉我思成^{lài}。

亦有和羹，既戒既平。

鬷假无言，时靡有争^{zōng}。

绥我眉寿，黄耇无疆^{gǒu}。

约軧错衡，八鸾鸧鸧^{qí} ^{qiāng}。

以假以享，我受命溥将。

自天降康，丰年穰穰^{ráng}。

来假来飨，降福无疆。

顾予烝尝，汤孙之将。

嗟嗟烈祖！有秩斯祜。申锡无疆，及尔斯所。既载清酤，赉
我思成。亦有和羹，既戒既平。鬷假无言，时靡有争。绥我
眉寿，黄耇无疆。约軧错衡，八鸾鸧鸧。以假以享，我受命
溥将。自天降康，丰年穰穰。来假来飨，降福无疆。顾予烝
尝，汤孙之将。

嗟嗟，叹词，烈祖谓汤也，参前《那》。

秩，常也。常者经久不易也。◎祜，福也。言有此秩秩然常
久不易之福。

申，重也。◎无疆，无止境也。◎言再加之赐福至于无疆。

尔，主祭之君也。◎斯所，此处所，谓祭之所，指祭之人也。
此言申锡无疆，降及尔之此处所。谓及于汝也。

载，已在尊也。◎酤，酒也。

赉，音赖，赐也。◎思，语词。◎成，平也。◎言赐我以安
享太平之福。参前《那》"绥我思成"。

和羹，和五味之羹。羹，煮肉汁也。和五味之羹为铏羹。

戒，戒慎而成其羹也。◎平，和也。◎言既已戒慎为羹，调
而和之也。仪礼于祭祀燕享之始，每言羹定。盖以羹熟为节，然
后行礼。◎既戒既平，即定是也。

鬷，音宗。鬷假即奏假，奏假言奏天漠之乐。参前《那》。
◎无言，敬肃也。

靡争，谓意志齐一之义。

绥，安也。◎眉寿，高寿也。

黄耇，老人之称。◎黄，黄发。◎耇，参前《小雅·南山有台》。

约，束也。◎軧，音祈，毂也。以皮缠束兵车之毂而施朱色。

◎错，文采也。◎衡，辕前端之横木也。

鸾，铃在镳者也。马口两旁各一，四马故曰八鸾。◎鸧，音枪。鸧鸧，鸣声和也。

假，升也。◎享，献也。◎言升堂而献。

溥，广也。◎将，大也。

穰，音攘，众多也。言收获之多。

假，升也。◎绥，献酒使神绥之也。言助祭之诸侯，升堂而献酒绥神也。

顾予烝尝，祈神来顾我之祭也。冬祭曰烝，秋祭曰尝。参前《那》。

将，奉也。雪是汤之孙所进奉者。参前《那》"汤孙奏假"句下注。

《烈祖》全篇一章。言嗟嗟有功业之祖成汤，有此秩秩然常久不易之福。天又再赐之以福至无疆之期，而其福乃能降及尔主祭者之所处。现既清酒在尊，则当献神，以祈赐我以安享太平之福也。亦进有和五味之羹，既戒慎以为羹而调和之矣，则羹定而祭始矣。乃奏大濩之乐，于时敬肃无哗，齐一无争。神乃将安我以老寿，至黄耇无疆。其诸侯之来助祭者，约毂错衡，八鸾鸧然和鸣，乘车而至，升堂而献其国之所有。我受天命，既广且大，故自天降以康安，而丰年多获也。兹来升堂而献祭，以祈神绥，神将降福无疆也。望神来顾我之祭，此汤孙所进奉者也。

按：和羹，铏羹也。大羹肉汁，不致五味。铏羹，肉汁调以五味，盛之于铏器。见《周礼·天官·亨人》"祭祀共大羹铏羹"

注及疏。

按《诗序》云；"《烈祖》，祀中宗也。"中宗为汤之玄孙大戊也。然诗中全无此类言语，亦无旁证。臆测之辞耳。此诗末云："顾予烝尝，汤孙之将。"与前篇《那》结尾相同。朱传以为与上篇同为祀成汤之乐，是也。方玉润谓《那》专言声，此篇并言酒与馔，各有专用，同为一祭之乐。盖周制大享先王，凡九献，每献有乐则有歌。商制亦宜如此也。颇为近理。

玄鸟

《诗序》云："玄鸟，祀高宗也。"

天命玄鸟，降而生商。宅殷土芒芒。

古帝命武汤，正域彼四方。

方命厥后，奄有九有。

商之先后，受命不殆，在武丁孙子。

武丁孙子，武王靡不胜^{shēng}。

龙旂^{qí}十乘。大糦^{shèng chì}是承。

邦畿^{jī}千里，维民所止，肇域彼四海。

四海来假，来假祁祁。

景员维河，殷受命咸宜，百禄是何。

天命玄鸟，降而生商，宅殷土芒芒。古帝命武汤，正域彼四方。方命厥后，奄有九有。商之先后，受命不殆，在武丁孙子。武丁孙子，武王靡不胜。龙旂十乘。大糦是承。邦畿千里，维民所止。肇域彼四海。四海来假，来假祁祁。景员维河，殷受命咸宜，百禄是何。

玄鸟，燕也。相传高辛氏妃简狄吞燕卵而生契。

生商者，契为舜司徒，有功，封于商。是为商之始祖，故曰生商。

宅，居也。◎殷，地名。◎芒芒，大貌。

古，昔也。◎帝，上帝也。◎武汤，有武德之汤也。

正，治也。◎域，封域也。◎言治彼四方之域。

方命厥后，言方告其诸侯。◎后，君也，谓诸侯。

奄，覆也。◎九有，九州也。言奄有九州而王天下。

受命不殆，受天命不懈殆。殆怠通。

武丁，高宗也。◎言商之先后，受天命而不怠，故其所成之福，降于武丁孙子也。武丁孙子即武丁，孙子者指武丁为先后之孙子也。

武王，汤之号也。◎武丁孙子，武王靡不胜，二句言武丁孙子其所行事，凡汤之能为者，武丁无不能胜任者。胜，音升。

乘音剩，四马为乘。此言诸侯，龙旂诸侯所建也。

糦，音炽，黍稷也。言诸侯承奉黍稷以来助祭也。

畿，王畿也。王直辖之地。

止，居也。

肇，开也。◎三句言王畿千里，是其民之所居安也。其后乃开域至于四海也。

假，至也。谓四海诸侯来至。

祁祁，众多也。

景，大也。◎员，幅员也。幅言边幅，员，周也。幅员谓疆域也。◎维河者，河指黄河。言其广大之疆域在黄河流经之地也。

咸宜，皆能宜也。

何，荷也。言负荷百福也。

《玄鸟》全篇一章。言天命玄鸟，使简狄吞燕卵而生契，契乃封商，而居广大之殷土。昔上帝命有武德之汤，治彼四方之域，始告其诸侯，奄有天下。商之先君，受命能不懈怠，故其福降于武丁孙子。武丁孙子之德，凡汤武所能者，无不胜任。故诸侯宾服，皆龙旂十乘，承奉黍稷而来助祭。王畿本千里，是其民之所安居者，而其后乃开疆至于四海。于是四海诸侯来至，来至者甚众多也。商之大疆域，是在黄河所流经之地，亦已大矣！以殷之受天命咸能合宜，故负荷百福也。

按：高宗，殷王武丁也。

长发

此亦祀成汤之诗。

濬哲维商，长发其祥。
洪水芒芒，禹敷下土方。
外大国是疆，幅陨既长，有娀方将。
帝立子生商。

玄王桓拨，受小国是达，受大国是达。
率履不越，遂视既发。
相土烈烈，海外有截。

帝命不违，至于汤齐。
汤降不迟，圣敬日跻。
昭假迟迟，上帝是祗。
帝命式于九围。

受小球大球，为下国缀旒，何天之休。
不竞不絿，不刚不柔。
敷政优优，百禄是遒。

受小共大共，为下国骏厖。

何天之龙，敷奏其勇。

不震不动，不戁不竦，百禄是总。

武王载斾，有虔秉钺。

如火烈烈，则莫我敢曷。

苞有三蘖，莫遂莫达。

九有有截，韦顾既伐，昆吾夏桀。

昔在中叶，有震且业。

允也天子，降予卿士。

实维阿衡，实左右商王。

濬哲维商，长发其祥。洪水芒芒，禹敷下土方。外大国是疆，幅陨既长，有娀方将。帝立子生商。

濬，深也。◎哲，智也。◎商，谓商世代之君。

长，久也。◎言其发祥已久矣。

芒芒，大貌。

敷，布也。◎言禹布其平治之功于下土，以及四方。

外大国，远诸侯也。◎言远方诸侯皆列为中国之疆域也。

陨，音员。幅陨即疆域也，参前《玄鸟》。◎长，广大也。

娀，音嵩。有娀，国名，故地在今山西永济县左近。◎将，大也。方将言有娀氏之国于禹敷下土方之时，亦始广大也。

有娀氏之女简狄，吞燕卵而生契，契于是时始为舜司徒，掌布五教于四方，而商之受命实基于此。契封于商，赐姓子氏。契亦佐禹治水有功。故前言禹敷下土方也。契封于商，其后汤有天下，故曰帝立子生商也。

第一章，述商之始也。言有深智之商之世代之君，其发祥也久矣。自昔洪水广大，禹布其治水之功于下土及四方。其远方诸侯之国，亦皆列为中国之疆域，疆域既广大矣，时有娀氏之国亦始大也。舜帝乃封其子契于商，其后乃有天下，是商之始也。

玄王桓拨，受小国是达，受大国是达。率履不越，遂视既发。相土烈烈，海外有截。

玄王，契也。◎桓，大也。◎拨，治也。言广大其治道。

达，通也。◎二句言契受小国能通达而治，受大国亦然。盖其国由小而大，皆能治而宜也。

率，循也。◎履，礼也。◎越，踰越也。

遂，遍也。◎发，行也。◎言遍视察其所施，既已行之而宜矣。

相土，契之孙也。◎烈烈，威貌。

截，整齐之貌。有截即截然。

第二章述契及相土之业。言玄王契广大其治道，受小国能通达而治，受大国亦然，皆能循礼而治，不稍踰越。时遍作巡视，见其政既已行之而宜矣，始以为达其教令也。及其孙相土，烈烈然承其祖业，四海之外率服，截然整齐，无不服者也。

按：郑笺："始尧封之商为小国，舜之末年，乃益其土地为大国。"故曰受小国受大国也。据《史记》谓舜封契于商。《索隐》云："尧封契于商，即《诗·商颂》云：'有娀方将，帝立子生商。'是也。"说法不一，待考。

帝命不违，至于汤齐。汤降不迟，圣敬日跻。昭假迟迟，上帝是祗。帝命式于九围。

首二句言商之于天帝之命不违，故能承天命而王天下，故至于汤乃能正其位而为王也。◎齐，正也。

降犹生也。不迟言适时也。

跻，升也。言其圣敬之德日以进升也。

昭，明也。◎假，至也。◎迟迟，久也。◎言汤之明德，行于天下，其至于民，久而不息也。

祗，音支，敬也。

式，法也。◎九围，九域也。

第三章，述汤之德也。言商于天命，能承行不违，故至于汤乃正其位而王天下。汤适时而生，其圣敬之德日以进升。其明德行于天下，泽至于民，久而不息，而能敬事上帝。上帝乃命九域以汤为法式也。

按：昭假迟迟，参陈奂说。

受小球大球，为下国缀旒，何天之休。不竞不絿，不刚不柔。敷政优优，百禄是遒。

球，玉也。◎言受小玉及大玉。

下国，诸侯也。◎缀，结也。◎旒，旌旗之垂者也。言与诸侯会同，结定其心，如旌旗之旒缀著焉。

何，荷也。◎休，美也。美即善庆之义。

竞，争逐也。◎絿，急也。

敷，布也。◎优优，和也。

遒，音求，聚也。

第四章，续述汤之德。言汤能受小玉大玉，与诸侯会同，结定其心，如旌旗之旒之缀著。汤承荷天所降之善福，不争逐；不急进，不刚不柔，行其政优优然和顺，于是百福聚于汤焉。

按：小球大球，笺云："受小玉，谓尺二寸圭也；受大玉，谓珽也，长三尺。执圭搢珽，以与诸侯会同。"

受小共大共，为下国骏厖。何天之龙，敷奏其勇。不震不动，不戁不竦，百禄是总。

共，读为拱，法也。

骏，大也。◎厖，厚也。大厚者，言章明法度而又能笃厚而行之也。亦言为诸侯。

何，荷也。◎龙，宠也。

奏，进也。◎言布进其武功也。

戁，音赧，恐也。◎竦，音耸，惧也。

总，聚也。

第五章，续述汤之德。言能受小事之法及大事之法于上帝，乃能为诸侯章明法度而笃行之。布进其武功，不震不动不恐不惧，百禄乃聚于汤也。

武王载斾，有虔秉钺。如火烈烈，则莫我敢曷。苞有三蘖，莫遂莫达。九有有截，韦顾既伐，昆吾夏桀。

武王，汤也。◎载，设也。◎斾，旗也。

虔，敬也。有虔即虔然。◎秉，持也。◎钺，大斧也。

曷，遏也。曷当为遏之渻借。

苞，本也。◎蘖，音孽，余也。本谓夏桀。蘖则韦，顾，昆吾也。皆桀之党也。

遂，顺也。◎达，通也。◎言莫容三蘖顺遂通达而为患也。

九有，九域也。◎截，整齐也。有截即截然。◎言九域截然，皆归服于汤也。

韦，国名，在今河南滑县东南。◎顾，国名，在今山东范县东南。◎韦、顾皆夏桀与国。

昆吾，国名。在今河北濮阳。昆吾为乱，汤率诸侯伐之，遂伐夏桀。◎末二句言韦顾二国，既已伐而平之矣，乃复伐昆吾而卒伐夏桀。

第六章，述汤武伐韦顾昆吾，卒伐夏桀之武功。言汤武设旗，敬而持钺，出师伐罪。师出如火之烈烈，莫有能遏止我者也。夏桀之一本，有三蘖枝，即韦、顾与昆吾也。不可以容其顺达而为恶，然后乃能致九域安定，截然归服也。故韦顾二国，既已伐而平之矣，乃伐昆吾，而卒伐夏桀而王天下也。

按：曷即遏之湆借。马瑞辰说。

昔在中叶，有震且业。允也天子，降予卿士。实维阿衡，实左右商王。

叶，世也。中世谓汤未兴之前也。

震，惧也。◎业，危也。言商之国震危不安也。

允，信也。言信乎汤真为天子也。

降，谓天赐降下也。◎卿士，谓生贤佐也。

阿衡谓伊尹也。阿衡，官名。

左右，谓助之也。

第七章，述汤受天命而天赐卿士伊尹。言昔在中世，商之国震危不安。及汤之世，信乎真天子也，乃能兴王业。而天命既降于汤，则天赐予卿士，即伊尹是也。伊尹实辅助汤武而王天下也。

按：《诗序》以此诗为大禘。然王者禘其祖之所自出，而以其祖配之者。今诗未及契之所自出帝喾，故非禘也。朱传谓为祫。祫者大合祭先祖亲疏远近也。此诗下及汤而不及群庙之主，故又非祫也。此诗自三章后皆言汤德，屈万里以为亦祀成汤之诗，是也。

殷武

此宋襄公成新庙，以伐楚告于庙也。

挞^{tà}彼殷武，奋伐荆楚。
罙^{mí}入其阻，裒^{póu}荆之旅，
有截其所，汤孙之绪。

维女^{rǔ}荆楚，居国南乡。
昔有成汤，自彼氐羌，
莫敢不来享，莫敢不来王。
曰商是常。

天命多辟^{bì}，设都于禹之绩。
岁事来辟，勿予祸適^{zhé}，
稼穑匪解^{xiè}。

天命降监，下民有严。
不僭不滥^{jiàn}，不敢怠遑。
命于下国，封建厥福。

商邑翼翼，四方之极。

赫赫厥声，濯濯厥灵。
寿考且宁，以保我后生。

陟彼景山，松伯丸丸。
是断是迁，方斲是虔。
松桷有梴，旅楹有闲，
寝成孔安。

挞彼殷武，奋伐荆楚。罙入其阻，裒荆之旅，有截其所，汤孙之绪。

挞，音踏，疾貌。◎殷武，殷之武力也。

奋伐荆楚，奋起而伐楚。荆亦楚，荆楚异呼而同为一名。

罙，音弥，深也。◎阻，险阻也。

裒，音抔，通捊。◎旅，众也。◎言捊取荆之众，谓虏之也。

截，整齐也。有截即截然。◎其所，其处所也。◎其所截然，谓平其地也。

绪，业也。◎言此为汤之后裔之功业也。汤孙参前《那》。此当指宋襄公。

第一章，述伐荆楚之功也。言殷之武力，挞然疾用，起而伐楚，深入险阻，俘虏其士众，其地截然而平，是汤孙之功业也。宋为殷之后，故在春秋时仍有殷商之称。

按：裒，即捊字。陈奂说。

维女荆楚，居国南乡。昔有成汤，自彼氐羌，莫敢不来享，莫敢不来王。曰商是常。

女读为汝。

乡，所也。

氐羌，西方之夷狄之国。

享，献也。◎以上二句言虽地远如自彼氐羌之地至于殷，而莫敢不来献也。

王，世见也。诸侯在九州之外藩国，父死子继。及嗣王即位，乃来朝王，每世一次，故曰世见。

曰，语词。◎商，汤有天下之号。◎常，常礼也。◎言诸侯远藩世见，是商之常礼也。

第二章，述荆楚之非礼，道荆罪之由也。言汝荆楚，国处于南方，未为远也。昔在成汤之世，氐羌之国远在陇西，然莫敢不来献者；莫敢不来世见，以此为商之常礼也。况汝楚甚近，何敢不至邪？

按：世见，见《周礼·秋官·大行人》。

天命多辟，设都于禹之绩。岁事来辟，勿予祸適，稼穑匪解。

辟，音璧，君也。多辟，诸侯也。

都，都城也。◎绩，功也。◎言设都城于禹之所治之地。

来辟，来王也。◎言岁时从事于来王朝见。

適，音谪，罚也。◎二句言岁事来王，祈王之不予加以祸谪。

解，通懈。◎言诸侯稼穑不敢懈怠也。

第三章，述商盛时诸侯宾服之状。言天命诸侯设都于禹所治之域，指中国之地也。意谓天命诸侯，各立其国于中国域中而为商之臣也。于是岁时来朝于商，以祈王勿加以罪责，而诸侯亦各勤于稼穑。

按：姚际恒于"稼穑匪解"下注云："此句无韵，或脱下一句。《集传》谓商颂多阙文。然亦惟此耳。"

天命降监，下民有严。不僭不滥，不敢怠遑。命于下国，封建厥福。

监，视也。

严，威也。◎二句连读，言天命降于下，监视下民，天有其威严也。

僭，音见，越其本分也。◎滥，过而不得其当也。

遑，暇也。

封，大也。◎二句言天命乃降于下国，乃大建其福也。

第四章，述商之承天命也。言天命降于下，监视下民，天有其威严也。故商之君不敢越分，不敢滥行，不敢懈怠偷暇。因之天命乃降于下国，乃大建其福也。

商邑翼翼，四方之极。赫赫厥声，濯濯厥灵。寿考且宁，以保我后生。

商邑，商之都也。◎翼翼，整敕貌。此当指宋都商丘。今河南商丘。

极，中也。

赫赫，显盛也。

濯濯，光明也。

后生，谓宋襄公也。

第五章，述商之先德，遗福泽于子孙。言商之都邑翼翼整敕，为四方之中。此谓宋今有其都邑，居四方之中央。赫赫然显盛其声，濯濯然光明其灵。谓商之祖有其德，有其灵，乃能有今日之大国。先祖其能保我后生，寿考且宁也。

陟彼景山，松伯丸丸。是断是迁，方斲是虔。松桷有梴，旅楹有闲，寝成孔安。

陟，升也。◎景山，山名，在宋都附近。

丸丸，直貌。

是断是迁，断而迁之，以为材也。

方斲，正斲之也。◎虔，亦截也。

桷，音角，方椽也。◎梴，木长貌。有梴即梴然。

旅，众也。◎闲，大貌。有闲即闲然。

寝，庙中之寝也。凡庙，前曰庙，后曰寝。庙是接神之处，寝是衣冠所藏之处，以象生人之居。此与生人之寝前有庙者异，参前《大雅·崧高》及《鲁颂·閟宫》《小雅·巧言》。◎孔，甚也。言寝成神居之甚安也。

第六章，述庙寝成，神居之安。言升彼景山，松柏长直，断而迁之，截而正斲之。松椽甚长，众柱甚大。寝已建成，神居之当甚安也。

按：景山，在商丘附近。见王国维说《商颂》。

按《诗序》云："《殷武》，祀高宗也。"盖以奋伐荆楚一语而言。然《春秋》于僖公元年始称荆曰楚。《商颂》之诗，皆春秋宋之诗，已无可疑（参本书绪论《诗经》之时代一节）。伐荆楚为宋襄公元年事，见僖公十五年及廿二年。诗中先言伐楚，继颂先祖之德，最后言庙寝之成，极似《鲁颂·閟宫》。当是宋襄公以伐楚告于新成之庙之诗也。